나는 소박한 것에 감동한다

나는 소박한 것에 감동한다

소박素朴 : 꾸밈이나 거짓이 없고 수수함

김중근 지음

맑은샘

소박하게 살자

나의 좌우명은 '소박하게 살자'이다. 좀 더 자세히 풀이해 보면 꾸밈이나 거짓 없이 수수하게 살자는 뜻이다.

50대 중반인 지금 돌이켜보면 나의 마음가짐은 시기별로 변해온 것 같다. 10대에는 내성적인 성향의 소극적인 학창 시절을 보냈다. 친구들 사이에서 존재감은 없었다. 대충 끼여 살았다. 20대에는 직장생활을 하면서 엉성함 그 자체였다. 실수를 많이 해서 일에 대한 두려움이 나를 지배했다. 30대에 들어서면서 점차 사회생활에 적응하고 하나하나 내 것으로 만들어 가면서 적극적인 태도로 바뀌어갔다. 업무적으로 잘한다는 평가를 받기까지 했다. 업무상 만나는 타인과의 관계에서 주도권을 쥐면서 협상하는 경우가 많아졌다. 이러한 경향은 40대가 되어서도 지속되었고, 상당히 공격적인 사람으로 평가받기도 했다.

나는 인정하기 싫지만, 팀원 중에 내가 무서워 접근하기 어렵다고 하는 직원이 있었다. 그래서 지금은 나의 내면을 들여다보는 시간을 많이 가지기 위해서 노력하고 있다. 이타심에 대해서 생각하게 되고, 삶의 목적에 대해서 재조명해 보는 시간을 많이 가지려 노력하고 있다. 그러한 작업의 일환으로 생각을 정리해서 글로 남기고, 더 나아가 책으로 발간하게 된 것이다. 자신의 생각을 글로 옮긴다는 것이 쉬운 것은 아니지만 재미있는 일이다. 내 생각을 정립하고, 더 나아가 누군가에게 도움이 되었으면 하는 바람이 있다.

내 삶이 지향하는 바를 한 글자로 표현하면 그것은 꾸밈없이 수수하게 살아가자는 의미의 '소박'이다. 이 책에 실린 내용은 소박한 삶을 살아가면서 느끼는 생각들을 글로 옮겨 본 것이다. 인생은 대박이 아니라 하루하루 소박하게 축적해 나가는 것이라는 생각이 든다.

주위 사람들과의 관계에서 여운, 여백, 배려, 공감 등 플러스섬 개념의 삶을 추구하는 것이 더 좋다. 내 마음에 합치되지 않아 갈등할 때도 있지만 궁극적으로 이타심을 갖는 삶을 살고자 노력하는 것이다. 이런 마음을 정리정돈하고 내 자신의 마음가짐을 글로 정리해 보는 것은 의미 있는 일이다. 내 생각을 드러낸다는 것이 기쁘면서 한편으로는 부담이 된다.

인생은 마음 여행이다. 마음이 진정으로 원하는 것을 하는 것은 소중하며 중요한 것이다. 일상의 행복은 내가 좋아하는 것을 실천할 때 이루어질 수 있다. 우물쭈물 흔들리지 말고, 겸손한 마음으로 한 발씩 전진해 나가는 것이다.

자신의 뇌 속에 저장되어 있는 기억들은 입에서부터 나오는 말로써 단편적으로 표현된다. 우리 뇌의 기억 장치 속에 들어 있는 기억들을 끄집어 내어 전반적으로 펼쳐 보는 것이 글쓰기이다.

사람의 말은 확실하지 않다. 자신의 생각을 다 담아서 표현하기가 어렵다. 듣는 사람도 정확히 알아듣기가 쉽지 않다. 그래서 소통이 문제가 되는 것이다. 말보다는 글이 느리지만 의미 전달은 더 확실하다.

세상에 태어나서 생각하고 경험한 것들에 대해 흔적을 남긴다는 것은 중요하다. 일상생활 중에 일어나는 일들에 대한 것들을 글로 모아 책으로 발간하게 된 것은 내 인생에서 참 의미가 있고 보람된 일이다. 모쪼록 이 글을 읽는 분들에게 이 글의 한 주제, 아니 한 문장이라도 도움이 되기를 기대해 본다.

김중근

목차

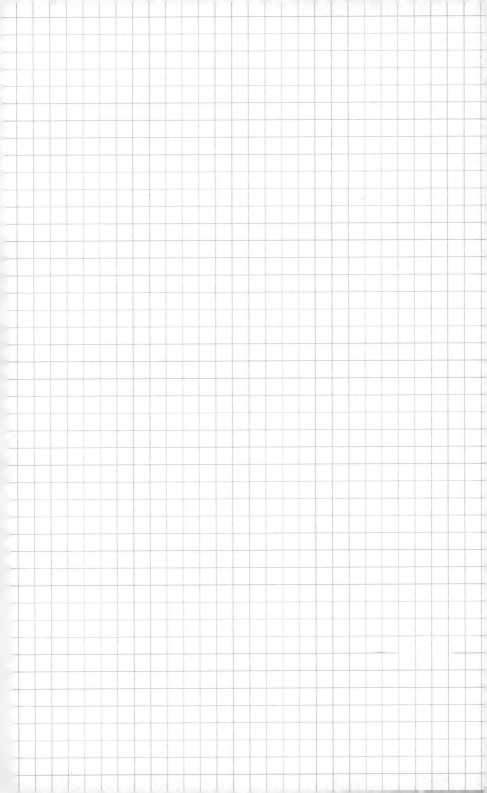

1부

◇

삶의 분량

오늘을 살면서 해야만 하는 일이 있고, 해야 할 일의 분량도 있다. 이왕이면 잘해 내야 한다. 타인을 너무 의식할 필요는 없지만 무시당하지 않기 위해 절제하며 바르게 행동해야 한다. 그러기 위해서는 남들보다 더욱더 열심히 살아야 한다. 생각을 정립하고, 자기 나름대로의 소신과 철학, 삶을 바라보는 정돈된 시각, 균형 감각, 바른 자세, 바른 얼굴 등이 필요하다.

세상은 불공평한 것처럼 보이지만, 그렇지 않다. 투입량$_{Input}$에 따라 출력량$_{Output}$은 결정된다. 자신의 능력(체력)보다 더 노력해야만 그 과실과 결과에 만족할 수 있다. 땀 흘린 다음에 얻는 만족은 행복감을 느끼게 해준다. 내가 겪는 사건들과 과제에 대해 부끄러워하면서 소극적으로 대응해서는 결과가 만족스럽지 않을 것이다. 내가 지금 겪는 일들은 거의 99% 사필귀정이다. 우연이라는 것이 있지만, 아무런 원인 없이 현재의 사건이 이루어지는 것은 아니다.

모든 일에는 내 몫이 있다. 그것이 지구상에서 70억분의 1에 불과할지라도 내 몫(짐)을 남에게 넘겨줘서는 안 된다. 전체적인 파이에서 적어도 내 분량은 내가 책임져야 한다. 그리고 부족한 사람들의 몫을 내가 더 짊어지도록 노력해야 한다. 그것이 주어진 업무든 봉사 활동이든 간에 말이다.

사람들은 대중들 속에 숨고, 타인을 방패막이 삼아 숨는다. 자신의 내면으로 숨는 것이 안전한 것으로 착각한다. 하지만 계속해서 도망만 갈 뿐이고, 종국에는 막다른 골목에 다다른 자신을 발견하게 될 것이다. 숨는 것이 최선은 아니다. 당장은 안도감이 들 수 있고 편안함을 느낄 수도 있다. 그렇게 지속되면 좋으련만 세상은 그런 사람을 가만 내버려 두지 않는다.

개인에게 주어진 삶의 무게는 만만치 않다. 쉽게 가는 것처럼 보이는 사람들이 있지만, 조금만 들여다 보면 한두 가지 이상 어려움은 대개 갖고 있다. 그것은 틀림없다. 세상이 불공평하다고 억울해하거나 불평할 필요도 없다. 그 불공평함에서 머물 것이 아니라 새로운 배움과 도약으로 승화한다면 그 또한 삶의 분량을 채우는 것이다.

욕심이 난제를 만들까? 돈에 대한 욕심, 승진에 대한 욕심, 인정받기 위한 욕심, 명예에 대한 욕심, 자식에 대한 욕심 등등. 욕심만 버리면 만사형통할까? 아닐 것이다. 사람은 불나방처럼 죽을지도 모르는 그 길을 악다구니를 쓰면서 살아간다.

어떻게 사는 것이 옳게 사는 것인가? 많은 사람들이 생각하고 또 생각하면서 살지만 정답은 없다. 하지만 삶의 분량은 있다. 일에 대한 분량, 가족에 대한 분량, 자신이 속한 집단에서의 분량. 그 분량에 못 미치면 어김없이 시그널이 온다. 어떤 형태로든 자신에게 영향이 온다. 상사로부터의 엄한 지시, 가족들의 냉대, 주위 사람들로부터의 무관심, 또는 무시 등등의 형태로 반드시 온다.

소극적인 삶(생각)보다 적극적인 삶(생각)이 훨씬 세상살기 편하다고 하면 너무 얄팍하지 않나 하는 생각도 들지만 그렇지 않다. 적극적인 것이 소리 지르고, 남들을 불편하게 하고, 주위를 시끄럽게 하는 것은 아니다. 조용하면서도 겸손하게 자신의 의견을 피력하고 리드해 갈 수 있다. 조용한 것과 적극적인 것이 반대 개념은 아니다. 시끄러우면서 적극적인 것, 조용하면서 적극적인 것, 겸손하면서 적극적인 것, 조용하면서 소극적인 것 등 여러 조합이 있을 수 있지만 겸손하면서 적극적인 것이 가장 높은 개념의 적극성이 아닐까 싶다. 남의 시선과 평가에 연연하지 않고, 늘 자신이 선택한 길에서 당당할 수 있는 열정을 가지고 자신만의 개성과 정신세계를 가지고 살아가려면, 삶의 분량을 느끼고 적극적으로 헤쳐가며 현재의 순간에 몰입하면서 능동적으로 살아가야 한다.

성공이란 정의는 딱 '이것이다'라고 정의할 수 없다. 바라보는 시각, 평가는 각각이다. 명예를 얻는 것, 돈을 많이 가지는 것, 가족이 화목한 것, 건강한 것, 사회적 높은 지위를 얻는 것, 나름의 만족한 삶을 사는 것 등등 사회 통념상의 성공과 개인의 가치 분별에 따른 성공 등 다양한 기준이 있다. 인생을 살면서 찾아오는 모든 시련과 예기치 못한 사건들을 적극적으로 이겨낸 사람이 진정한 성공인 일 것이다. 속도는 중요하지 않다. 100m를 10초대에 뛰든 20초에 뛰든 상관없다. 다만, 적극적인 자세를 지속적으로 유지할 수 있느냐가 관건이다. 매일매일을 새로운 날로 인식하고, 삶의 분량을 적극적으로 채우며 힘차게 나아가자.

◇

통찰력

'통찰'이란 사전적 의미로 '전체를 환하게 내다 봄', '훤히 꿰뚫어 앎'이란 뜻이다. 감추어진 핵심을 파악하고, 겉면 안에 숨어 있는 진실을 발견하는 능력이다. 살면서 기 경험한 것에 대해서는 큰 시행착오 없이 해결할 수 있다. 하지만 미처 경험하지 못한 새로운 사실, 또는 문제에 봉착했을 때는 그 내면에 있는 진실, 또는 사실을 가려내기가 쉽지 않다. 하루에도 몇 번씩 선택의 기로에 놓일 때가 많다. 일반적인 하루는 무심상하게 지나간다. 하지만 모든 날들이 평범하지는 않다. 어떤 사람들은 별 생각 없이 되는대로 행동하는 것으로 이 문제를 비켜 가려고도 한다. 인생은 단순치 않다. 사건과 사고가 이어져 다가온다. 통찰력은 문제 해결 능력이다. 인간관계에서 오는 갈등, 업무상 해결해야 할 난제, 사물을 바라보는 관점, 사회 현상에 대한 의견 개진 등 하루에도 무수히 많은 일들을 해결해야 한다.

통찰력을 가진 사람들은 주위 사람들에게 좋은 영향력을 끼친다. 중요한 사람이란 타인에게 얼마만큼 영향력을 끼치느냐에 달려있다. 통찰력을 키우려면 어떻게 해야 할까? 먼저 경험이 중요하다. 내가 겪어본 일에 대해서는 당황하지 않아도 된다. 어떻게 결말이 날지 사전에 안다면 시행착오 없이 개별 현상에 대한 이해와 결말을 도출해 낼 수 있다. 참고로 경험주의 철학의 선구자인 프란시스 베이컨은 지식을 얻는 과정에서 일체의 선입관을 버리고 관찰과 실험의 방법을 사용할 것을 주장했으며, 개별적인 현상으로부터 일반적인 원리를 이끌어내는 귀납적인 학문 방법을 제시했다.

그러면 경험이란 어떻게 쌓아 가는 것인가? 조금은 불편하더라도 똑같은 것을 지양하고 다양한 형태의 일상사를 만들어 가는 것이다. 예를 들면 출퇴근길 다르게 가기, 취미 활동 클럽 가입, 목적지 없는 여행 가기 등등이다. 시인 류시화 씨는 '하늘호수로 떠난 여행'에서 인도 여행 목적지를 정할 때 눈을 감고 한 점을 찍어 무작정 가는 방법으로 생경한 경험을 했다고 한다. 그 무모함이 참 부럽기까지 하다.

우리가 잘 알고 있는 방법 중 가장 쉬운 것은 독서이다. 직접 경험보다 더 전체를 꿰뚫어 알 수 있는 힘을 가지려면 나름의 철학이 필요하다. 현실수용주의, 이상주의, 개인주의, 이타주의 등등. 하지만 나름의 철학은 현실의 벽 앞에서 무참히 깨질 수 있다. 먹고 사는 문제, 가족 부양 문제, 자아실현의 문제 등에서 한계를 드러낼 수 있다. 또한 직접 경험에는 한계가 분명히 있기 때문에 간접 경험이 필요하다.

나는 작가 개인의 삶이 투영되어 있는 책을 좋아한다. 《죽음의 수용소에서》(빅터 플랭클), 《삼국지》(이문열 평저), 《황만근은 이렇게 말했다》(성석제), 《체스터필드 최고의 인생》(필립 체스터필드)이 추천할 만한 책이다.

삶은 다양하다. 길은 다양하다. 우선은 독서를 통해 다양한 삶에 대한 간접 경험으로 직접 경험의 갈증을 해소한다. 통찰력 있는 사람은 언제나 강한 척할 필요가 없고, 시종일관 모든 것이 잘 돌아가고 있음을 증명할 필요도 없다. 통찰력은 용기를 필요로 한다. 미지의 세계와 알 수 없는 결말에 대해 자기 확신과 논리적 근거가 필요하다. 혜안과 지혜는 나이를 불문한다. 나이 여부에 상관없이 사물에 대한 해석과 사물을 바라보는 관점을 정립하는 습관과 노력이 더해진다면 높은 경지의 세계에 들어서게 될 것이다.

인생의 황금기

세상 일에 미혹되지 않는다는 40대 불혹不惑! 인생 허무와 안정 추구의 갈림길! 지나온 길을 뒤돌아보면 아쉬울 수 있고, 미래는 불분명할 수 있다. 어설프고 애매한 나이를 지나 나와 타인을 이해할 수 있고, 주위를 돌아볼 수 있는 여유가 있는 때이기도 하다.

시간은 멈추지 않고 간다. 너무 쉽게 시간을 보내버리는 사람이 있는가 하면 zip 파일처럼 압축해서 몇 배 더 요긴하게 시간을 보내는 사람이 있다. 나는 다시 어설픈 20대, 30대로 돌아가고 싶지는 않다. 어차피 시간을 통제할 수는 없다. 하지만 지금 나에게 주어진 시간은 내가 선택할 수 있다.

40대에는 대개 경제적인 면에서 아주 여유롭지는 않을지라도 부족하지도 않다. 주말에 아내와 함께 마트에 가서 일상생활에 필요한 음식과 물건들을 살 때 아주 비싼 것 말고는 어느 정도 감당할 수 있고, 구매하는 데 마음의 불편함도 없다. 나는 이런 마음 상태가 참 좋다.

행복이란 꿈을 향해 달려가는 여행길에서 만나는 오아시스 같은 것이다. 꿈은 무엇일까? 꿈을 가진 사람은 얼마나 될까? 그러나 자기 자신의 꿈과 이루고자 하는 목표가 불분명한 사람이 의외로 많다. 현재의 상황에 급급하여 꿈은 마치 사치품인 양 취급하는 경우도 많다. 하루하루 먹고 살기도 힘든데 무슨 꿈이냐고 말이다.

요즘은 수명이 길어져서 70~80대인데도 건강하게 살아가는 분들이 많다. 그래서 요즘에는 인생 2막에 대한 대화를 많이 하게 된다. 알찬 인생이 어떠한 것인지는 개인별로 십인십색일 것이다. 타인과의 비교는 절대 금물이다. 비교하는 순간 포지티브가 아닌 네거티브로 흘러갈 가능성이 많다. 속마음을 나누다 보면 어느 인생이나 한두 가지쯤 고민과 가정사가 있다. 이것이 위안을 주기도 한다.

나는 꿈이 많다. 지점장이 되어 내가 생각한 경영 철학을 펼쳐 보고 그 결과에 대해 무한 책임을 지는 것, 소설을 써 보는 것, 나를 포함해서 3대가 어울려 골프를 치는 것, 영국 프리미어리그 맨체스터 유나이티드(지금은 맨유 팬이지만 팀은 바뀔 수도 있음) 축구 경기를 관람하는 것, 영어를 유창하게 말하는 것 등등. 그중에서 개인적으로 내 이름으로 된 책을 내는 것이 가장 소중한 꿈이다.

40대는 인생의 황금기이다. 이 시기는 인생의 전성기와는 또 다른 개념이다. 항상 후선의 일에 치여 고생하다 팀원이 생기고, 내 나름대로의 생각을 후배 또는 팀원들에게 전달하고, 내 인생, 내 소신, 내 철학에 대해서 전수해 주는 역할을 갖게 된다. 인생 여행길에서 전반전이 지나고, 후반전을 위해 잠시 쉬어 갈 수도 있다.

인생을 살아오면서 가장 큰 수확이 무엇인지 반추해 본다. 자신만의 개성과 남의 평가에 연연하지 않는 여유로운 삶 추구는 꼭 필요한 인생의 자양분이다. 남을 의식하지 않는다고 해서 무례하게 굴어도 된다는 것은 절대 아니다. 나만 좋으면 된다는 생각으로 공중도덕을 지키지 않고, 고성방가를 하고, 타인을 기분 나쁘게 한다면 그것은 예의에 어긋나고 지탄받아 마땅한 것이다.

내가 생각하는 남의 시선을 두려워하지 않는다는 것은 겸손함을 바탕으로 한 당당함이다. 세상에서 정답은 하나가 아니다. 역사적으로 소수가 옳은 경우가 얼마나 많은가? 99명이 맞는다고 하고 1명이 틀렸다고 해도 정답은 틀렸다가 될 수 있다. 나만을 위한 이기심의 발로로 겸손함을 가장한다면 그것은 겸손함이 아닌 자만심의 극치일 것이다. 세상 일에 유혹되지 않는 가장 큰 덕목은 겸손함이다. 겸손함은 오히려 당당할 수 있다. 더 큰 용기를 낼 수 있다.

정신 분석학자 칼 융은 '중·장년기에 찾아오는 가장 큰 위기는 과연 우리가 무엇을 위해 사는가 하는 허무감이다'라고 했고, 미국의 정치가이자 철학자인 랄프 왈도 에머슨은 '군중 한복판에서 고독한 독립이 주는 달콤함을 누릴 수 있는 사람이야말로 가장 위대한 사람'이라고 정의했다. 허무감과 고독한 독립, 비슷한 것 같지만 천지 차이이다. 허무감은 자신을 잃어버리는 것이지만, 고독한 독립은 자신을 지키는 것이다. 또한 그 결과는 달콤하다.

고독한 독립을 누릴 수 있다면 얼마나 좋을까? 이것은 사색과 여유를 통해 이룰 수 있다. 식물은 햇볕을 받는 광합성으로 살아갈 수 있듯이 사람은 마음의 자양분인 사색을 통해 자라날 수 있다. 사색은 혼자 할 수도 있고, 같이 할 수도 있다. 같이 사색할 수 있는 친구가 있다면 더할 나위 없이 좋을 것이다. 나는 인생을 공유하고 교감할 수 있는 친구가 과연 있는가?

40대는 인생의 황금기인가, 아니면 내리막길인가? 무엇을 위해, 어떤 목적을 위해, 누구를 위해 살아갈 것인지에 대한 정리정돈이 필요하다. 정신적으로, 육체적으로 현재 상태를 진단하여 개선 방안을 도출해 볼 필요가 있다.

나는 개인적으로 자동차 여행을 좋아한다. 아내와 함께 자동차 여행 중에 직장생활, 아이들, 가족들 얘기, 노후 설계 등에 대한 대화를 통해 나름 정리정돈을 하곤 한다. 또한 여행지에서의 좋은 풍경, 맛있는 음식이 곁들여진다면 기쁨은 배가된다. 맛있는 청국장찌개, 바지락칼국수, 해물탕 등을 만나면 더없이 반갑다. 좋은 아내, 좋은 친구들, 사색할 수 있는 시간, 좋은 여행지, 맛있는 음식, 좋은 책이 있다면 더할 나위 없이 좋다. 40대는 인생의 황금기이다. 나의 전성기는 아직 오지 않았다.

◇

낭중지추囊中之錐

낭중지추囊中之錐. 고사의 출전은 사마천의 《사기》, 〈평원군열전〉
에서 찾을 수 있다. 또한 같은 이야기에서 유래된 고사는 '모수자천'
인데 모수가 바로 고사의 주인공이다.

이 이야기의 대략은 이렇다. 중국 전국 시대 조나라의 왕족이었
던 평원군은 남쪽의 초나라와 합종책 연합을 모색하기 위해 사신으
로 출국하게 되는데, 함께 떠날 용기 있고 문무를 겸비한 인물을 뽑
을 때 자신을 데려가라고 자청한 모수가, 초왕 앞에서 뛰어난 언변
으로 합종의 협상을 단판 짓고 혈맹의 의식을 나누게 된다. 이후 평
원군은 모수를 상객으로 모시게 된다.

주머니 속에 송곳을 넣으면 그 끝의 뾰족한 부분이 천을 뚫고 나
와 겉으로 보기에는 끝의 작은 부분만 보이지만 주머니 속에는 긴
자루가 있는 것이다. 훌륭한 능력을 지닌 사람은 여럿 가운데에서도
그 뛰어남이 겉으로 드러난다는 것을 적절하게 비유해서 묘사한 고

사성어가 바로 '주머니 속의 송곳'이란 뜻을 지닌 낭중지추囊中之錐이다. 또한 사람은 감추어진 진정한 능력을 바로 알아보는 통찰력이 있어야 하고, 숨은 인재는 어려운 상황에서 그 진가를 발휘하게 된다는 것을 알 수 있는 고사이다.

여기에는 두 가지 경우가 있다. 자신이 적극적으로 표현하지 않더라도 본 실력이 드러나는 소극적인 경우와 당당하고 자신감 있게 자신을 드러낼 수 있도록 자청하는 경우가 있다. 어느 경우이든 자신이 가지고 있는 능력이 보잘것없다면 금방 밑천이 드러날 것이다.

누구에게나 문제는 발생한다. 그 문제의 본질이 무엇인가를 살피고 문제를 해결할 수 있는 혜안이 있는 사람은 남들보다 능숙하게 문제들을 풀어갈 것이다. 처음(문제)과 끝(해결)을 내다보고 어떤 경우가 발생하고 상대방은 어떻게 반응할 것인지를 미리 예측하고 대비할 수 있다면, 자신이 원하는 방향으로 일이 진전될 것이다. 하지만 모든 일이 예측대로 원하는 대로 진행되지는 않는다. 중간에 수정해야 하거나 문제가 더욱더 복잡해지기도 한다. 문제의 본질을 꿰뚫고 있다면 지엽적인 문제는 해결 가능한 것이다.

여기에 또 다른 변수는 문제에 이해 당사자가 많은 경우에는 더욱더 복잡해지기도 한다. 모든 문제는 복잡해 보일 수 있고, 끝이 보이지 않을 것 같은 경우도 많지만 삼투압처럼 위에서 아래로, 불투명에서 투명으로, 안개에서 밝음으로, 문제에서 해결로 흘러가는 것이 순리이다.

인생을 살아가면서 주어진 기회에 자신 있게 자신을 드러내며 당당하게 사는 것이 중요하다. "누구에게 공이 돌아갈지 개의치 않는다면 당신은 인생에서 그 무엇이라도 성취할 수 있다"라고 해리.S.트루먼이 얘기했듯이 사욕을 갖지 않는 자부심을 갖느냐가 또한 중요한 문제일 것이다.

자신이 가지고 있는 숨은 능력을 적극적으로 계발하고 올바로 사용할 수 있도록 준비하는 것이 불필요한 시기는 없다. 학창 시절, 직장생활, 은퇴 시기 등등. "배움에는 때가 있다"라는 옛말처럼 각 시기별로 늦추어서는 안 되며 꼭 습득하고 체득해야 할 것들이 있다. 개인에 따라 조금 빨리 이를 수 있고, 늦을 수도 있다. 대개 늦을 때 후회를 하게 된다. '그때 했어야 했는데…'라고 말이다. 일을 배우기 시작할 때에는 남보다 '오래', '열심히' 하는 수밖에 없다. 1만 시간을 투입할 때 숙련된 전문가가 된다고 한다. 요령을 피우고, 남들이 볼 때만 하는 척해서는 100% 실패한다. 우직하게, 묵묵하게, 남들이 볼 때나 안 볼 때나 소신껏 실천해야 한다.

각자의 인생에서 비교 점수가 아닌 절대 점수를 가지고 자신의 뜻대로 살 수 있는 것이 성공이라고 할 수 있다. 지금 처한 현실에서 동떨어진 삶을 꿈꾼다면 그 딜레마로 인해 그 인생은 점점 피폐해질 것이다.

사람은 결심할 수 있다. 또한 그 폭도 넓힐 수 있다. 현실에서 자신이 꿈꾸는 삶을 어느 정도 투영해 낼 수 있다. '삶의 무게에 끌려

다니느라 내일을 위해 오늘을 억지로 희생하는 것은 노년기로 섹스를 미루는 청장년과 같다'라는 워렌 버핏의 말처럼 몽상가로 현실을 부정하고 오늘을 희생하면서 미래만을 꿈꾸는 것은 바람직하지 않다. 물론 희망을 가지고 현실에 충실하게 사는 것은 매우 중요하다. 하지만 미래만을 목표로 하여 억지로 오늘을 사는 것은 고통이다. 숨쉴 수 없는 고통과 번민으로 현재를 사는 것은 잘하는 것이 아니다. 현재에서 미래를 꿈꾸고 성취감을 느끼며, 또한 자부심을 갖고 오늘을 당당하게 사는 것이 중요하다.

낭중지추, '주머니 속의 송곳', 나름대로의 주특기를 갖고 누가 인정해 주는지 여부에 상관없이 자기만의 길을 가는 것, 이것이 우리가 가야 할 길이다. 뛰어난 사람은 언제든 어디서든 드러나기 마련이다.

◇

소박한 인생

'소박'이란 사전적 의미로 '꾸밈이나 거짓이 없고 수수함'이란 뜻이다. 어릴 적 시골에서 순박한 모습의 아이들이 연상되는 낱말이다. 타인과의 경쟁이 치열한 현대인에게는 순수한 마음으로 대하는 것이 어렵고 기대할 수도 없는 느낌이다. 주말이나 휴가 때 떠나는 기차 여행 중 시골 간이역에서 내리고 싶은 충동이 들 때가 있다. 바쁜 도시 생활에서 오는 무미건조함, 계산적이면서 경제 활동만으로 손익을 따지는 관계들, 항상 쫓기듯 생활하는 여유 없는 나날에서 오는 허무함 등이 복합적으로 작용하여 '시골에서 농사나 지으면서 살까?' 하는 생각을 하기도 한다. 하지만 이것은 시골 생활을 아주 우습게 보는 것임을 곧 깨닫게 된다. 근본적으로 마음에서 우러난 것이 아니라 잠시의 도피처로 여겨 본 것임을 자각하고 시골의 간이역을 쓴웃음과 함께 통과하게 된다.

직장생활을 하다 보면 개인의 자아, 또는 소신을 갖고 생활하기가 쉽지 않다. 상사와 팀원의 생각을 담아내고, 내 생각과 다른 부분에 대해서도 수용해야 하는 상황이 비일비재하게 발생한다. 또한 개인적인 성공(물론 성공에 대한 개념과 목표는 개인별로 다를 수밖에 없다.)을 위해서 내 자신을 지키고 남의 마음에 상처를 주지 않고 살 수 있도록 노력해야 한다. 불가능한 일일 수 있다.

성공과 순수한 마음은 반비례가 아니다. 빌 게이츠, 워렌 버핏처럼 성공한 인물일수록 기부 활동이나 봉사 활동을 순수하고 꾸밈없이 자연스럽게 이루어내는 것을 볼 수 있다. 가진 돈이 많으면 여유롭게 이것저것 할 수 있다고 생각하기가 쉽다. 그런데 아이러니하게도 가지면 가질수록 더 갖고 싶은 것이 인간의 속성인 것 같다. 어릴 적 먹을 것이 부족해서 항상 먹고 싶은 욕구로 가득 차 있었던 것이 기억난다. 지금은 그때보다 훨씬 더 잘살게 되었고 더 가지고 있음에도 여유롭지 않고, 타인을 도와 주는 데 인색하게 된다. 너무 가진 게 없었기 때문에 이것마저 뺏기면 불안해서 그렇다고 치부하기에는 너무 옹졸하다.

아우슈비츠 수용소에서 살아남아 정신분석학에서 일가를 이룬 빅토르 프랑클은 '인간이 최종적으로 누릴 수 있는 자유는 자신의 태도를 선택하는 것이다.'라고 정의했다. 사람을 판단하는 데 주요한 요소는 그 사람의 태도를 보는 것이다. 태도란 몸의 동작, 몸을 거두는 모양새, 사물이나 사태에 대저하는 자세를 말한다. 일거수일투족에서 그 사람의 인생이 묻어난다. 걸음걸이가 바른지, 예의범절은 있는지, 상대방에 대한 배려가 있는지, 말은 조리 있게 하는지 등등에 따라 평가하게 된다.

나의 좌우명은 '소박하게 살자'이다. 꾸밈이나 거짓이 없고 수수하게 살자는 의미이다. 이는 경제적인 의미도 포함되어 있다. 노동의 대가로 얻는 수입 범위 내에서 알뜰히 생활하고, 또 조금씩 저축하며 미래(노후)를 대비하며 살아가는 것이다. 경제적으로 남에게 피해를 주지 않고 살고 싶다. 물론 내가 인식하지 못한 채 남에게 피해를 준 경우도 있을 것 같기는 하다.

어릴 적에는 주위 사람들을 경쟁자로 생각하고, 잘되면 배 아파하고 잘 안 되면 마음으로 기뻐한 적이 많았음을 솔직히 인정하게 된다. 지금도 해소된 것은 아니지만 많이 덜해졌다. 주위 사람들이 잘될 때 진정으로 기뻐해 줄 수 있는 것이 현대를 사는 우리에게 절대 필요하다. 서양 사람들을 보면 칭찬에 호의적이다. 미국 아카데미 시상식, 졸업식, 각종 시상식 등을 보면 진정 기뻐하고 즐거워하며 타인의 눈치를 보지 않고 마음껏 칭찬하는 모습을 많이 보게 된다. 참 부럽다. 나도 다른 사람들의 눈치를 보지 않고 마음껏 축복해 주고 칭찬해 주고 싶다. 그러려면 내 마음이 소박한 마음에 머물러 있을 때 가능하다. 나를 있는 그대로 사랑해 주는 사람을 좋아하듯, 타인을 있는 그대로 인정해 주고 사랑해 주는 것이 무엇보다도 중요하다.

사람을 이분법으로 좋아하는 사람, 싫어하는 사람으로 나눠서 계산적으로 대한다면 그것은 소박한 마음이 아닌 교만한 마음일 것이다. 소박함이란 조화롭고 평화로운 삶, 더 가볍게 사는 삶, 내면과 외면을 일치시키는 삶을 살 때 얻을 수 있는 훈장 같은 것이다.

며칠 전 전직 고위 관직에 계셨던 분의 부고 소식을 접했다. 현직에 계실 때는 날아다니는 새도 떨어뜨릴 만큼 세도가였지만, 세월의 흐름 속에 살아남는 장사는 없는 것이다. 어떻게 보면 세월이 참 허망하다. 일개 범부凡夫에 불과하지만 외면(직위, 세상으로부터 받은 상 등)보다는 내면이 중요하고, 나만의 정신세계를 구축한다는 것이 더 중요하다는 생각을 하게 된다. 물론 세상으로부터 받는 직위나 상을 초월할 정도의 분량은 되지 못하지만 주어진 여건하에서 조금씩 조금씩 내면(정신)을 정리정돈하며 깨우쳐 가려 노력할 것이다.

◇

나의 친구

이 친구는 참 활동적이다. 그러면서도 상대를 헤아리는 깊이가 있다. 사람을 겪다 보면 활동적인 사람은 깊이가 없고, 깊이가 있는 사람은 자기중심적인 경우가 많은데, 이 친구는 참 헷갈리게 한다. 가끔 상대방을 깔보는 듯이 툭툭 던지는 말투에서도 별 불편함을 느끼지 못하고 기분이 썩 나쁘지 않은 것이 이 친구의 장점이다.

이 친구는 술을 참 좋아한다. 술을 진정 좋아하는 친구들은 시간 개념이 없는 경우가 많다. 그러나 이 친구는 "새벽까지 친구랑 후배랑 진탕 마시고 새벽에 잠깐 집에 갔다가 출근했다"고 전일의 전투 상황(?)을 자랑스럽게 늘어놓는다. 그렇게 하고도 가정사가 제대로 굴러가는 게 신기하기까지 하다. 가끔 자녀들과 재미난 시간을 함께 보내는 걸 보면 가족들에게도 잘하는 것 같다.

이 친구는 에너지가 넘치고 참 유쾌하다. 가끔 전화로 "형님 우리 한번 뭉쳐야죠" 하면 나는 기분이 좋아진다. 잴 것도 없이 있는 그대로 받아들일 수 있는 관계를 가진 사람들이 몇이나 될까? 맞다, 우린 친구다. 나이는 내가 조금 많지만 서로 편하게 만나 자신의 무용담을 침 튀기며 얘기할 수 있는 우리는 친구이다.

지난번 이 친구가 소집 명령을 내려 대학원 동기들과 강남의 B급 정도의 호텔 라운지에서 맛있는 뷔페 음식과 와인을 곁들여 우아하면서도 편안한 저녁 시간을 가졌다. 내 인생에서 이렇게 편안한 시간을 가진 것이 얼마나 될까? 나는 이런 시간을 즐기려 한다. 우리는 좋은 시간, 행복한 시간을 만끽하지 못하고, 오지도 않을 걱정거리에 머리를 싸매고 사는지도 모르겠다.

나는 결심한다. 순간순간 즐겁고 행복한 시간을 만끽하고 즐겁게 누리기로 말이다. 인생이란 예측할 수 없이 다가오는 순간들을 즐겁고 생동감 넘치게 넘어가는 과정이다. 밝고 꾸밈없이 있는 그대로의 자신을 사랑하며 살아가는 것이다.

이 친구는 자신을 좋아한다. 비굴하지 않고, 남의 평가에 연연하지 않는다. 그런 점이 참 좋다. 나를 진심으로 이해해 주고 아껴주는 누군가와 같이 동행한다는 것은 기분 좋은 일이다. 이 친구가 있어 내 인생은 참 즐겁다.

이제 이 친구도 중년으로 접어든다. 본인은 인정하지 않고 청년이라 우기겠지만 중년은 '인생의 황금기'이다. 어설프지 않으며, 타인을 이해할 수 있고, 유혹에 넘어가지 않을 수 있는 시절이다.

세상 일에 결과가 중요할까, 과정이 중요할까? 누구나 빨리 결과를 보고 싶어한다. 결과 중심이면 극단적으로 죽음이며, 즐거움을 자꾸 미래로 이연하는 것이다. 매일매일이 과정의 연속이다. 하나하나 달성해 나가는 재미도 즐거운 것이다. 물론 실패도 당연히 뒤따르겠지만 과정을 음미하는 것이 중요하다. 나는 이 친구와 동시대에서 같이 지낼 수 있다는 것이 행운이라는 생각마저 든다.

"재미난 인생 만들자 친구야!"

◇

어쨌든

선물인 오늘
남은 생애의 첫날인 오늘
내 인생 내 삶을 오롯이 할 수 있는 오늘

간혹 내 마음을 내가 잘 돌보지 못하고 힘들게 할 때가 있지만
오늘은 오로지 내 몫이다

뉴스에서 기차가 탈선하고 비행기가 추락했다고 알려준다
어쨌든 오늘이 내게 왔다

하루는 길다
나를 지켜 내기에 하루는 무척 길다
하루를 지배하고 군림하기에는 세상이 무척이나 강하다

나만의 오늘
나만의 하루
존중과 겸손으로 함께하자

어쨌든 선물인 오늘이 내게 왔다

일과 삶의 균형

행복을 위해 필요한 것은 일과 삶의 균형이다. 균형이란 어느 한쪽으로 치우침이 없이 쭉 고르다는 뜻이다. 일에 너무 매몰되어도 자신과 자신을 둘러싼 사람들과의 관계가 꼬이게 되고 정리정돈이 되지 않는다.

균형감 있는 생활과 조화로운 삶을 위해 어떤 마음가짐과 전략이 필요할까? 우선 일에 대해 생각해 보자. 직장생활을 하다 보면 전략과 전술을 중요시하고 그것을 비일비재하게 다룬다. 전략은 전쟁을 전반적으로 이끌어 가는 방법이나 책략이고, 전술은 전쟁에서 이기기 위한 여러 가지 기술과 방책, 전법, 병술이다. 전략은 큰 틀에서 방향성을 정하고 목표하는 바를 달성하기 위한 거시적인 정책을 모색하는 것이라면, 전술은 업무나 비즈니스에서 승리하기 위한 세부적 실행 방안을 모색하는 것이다.

일을 잘한다는 것은 전략과 전술에 모두 능통하다는 의미이다.

영업 현장에서는 발로 뛰고 거래를 성사시키고 계약을 따내는 노력이 필요하다. 그것 못지않게 중요한 것은 사전 준비와 사후 결과 보고가 무엇보다 중요하다. 그러기 위해서는 가장 기본이 되는 것이 국어 실력이다. 자신이 생각한 내용을 글로 얼마나 잘 표현할 수 있느냐가 관건이다. 중언부언하지 않고 핵심 단어를 적절하게 구사하는 것이 가장 중요하다. 보고서 양이 많은 것은 중요치 않다. 한두 장 분량이라도 자신만의 생각뿐만 아니라 보고 내용을 뒷받침할 수 있는 법조문, 규정 등 증거와 증명할 수 있는 사실을 함께 적시하는 것이 중요하다.

내가 가장 중요하게 생각하는 것은 적시성이다. 타이밍이 늦으면 효과는 반감된다. 무엇보다도 선제적으로 보고하는 것이 중요하다. 완성도는 떨어지더라도 이슈 선점이 중요하다. 일을 잘한다는 것은 적극적인 태도와 자신만의 소신과 열정을 표현하는 것이다. 사람과의 관계에서 자신의 모든 것을 전달하는 것은 말뿐이 아니다. 손짓, 몸짓, 얼굴 표정, 자세 등이 종합적으로 상대에게 전달되어 의미가 되고 전달 체계가 된다.

측정하기가 쉽지 않지만 신뢰가 주는 전달력은 매우 중요하다. 믿고 의지한다는 것은 그 사람의 인생관과 사물을 바라보는 관점에 동의한다는 것이다. 신뢰한다는 것은 약속을 지킬 것이라는 믿음이다. 특히 시간 약속은 절대적으로 중요하며 철저하게 지켜야 한다. 회의 시간 또는 약속 시간은 철저히 지켜야 한다. 적어도 10분 전에는 도착해서 회의장 분위기나 주위 지형지물을 사전에 파악해야 한다. 주관하는 사람의 자리 위치, 나의 동선, 나의 전달력 등을 고려하여 자리를 잡아야 한다.

어릴 때는 구석진 자리를 선호했다. 적당히 숨어 있을 수 있는 자리를 찾아 앉았다. 지금은 잘 노출되는 자리, 중심 자리, 전체를 조망할 수 있는 자리에 가급적 앉는다. 복서가 사각 링에서 숨을 때가 없듯이 회의장에서도 숨을 곳은 없다. 아무 의견을 내지 않고 숨어 있는 것만큼 비참한 것은 없다.

조직 생활을 하다 보면 성실성이 중요한 덕목이다. 아침형 인간일수록 사회에서 성공할 가능성이 높다. 자신이 상황을 주도해 나가는 자신감을 갖고 장기적인 목표를 갖고 더 노력한다면 처음에는 큰 차이가 나지 않지만 갈수록 그렇지 않은 사람과의 격차는 점점 벌어질 것이다. 특히 출근 시간이 남들보다 빠른 사람은 일단 10점 정도는 따고 들어가는 것이다. 아침형 인간은 문제를 미리 내다보고 이를 최소화하는 경향이 있다고 한다. 조금씩 남들보다 빠르게 움직이고 생각하는 것이 전체 인생 동안 이어진다면 그 차이나 시간은 엄청날 것이다.

또한 일에서 도망가지 않고 중심에서 이탈하지 않는 자세로 임해야 한다. 조그마한 사안이든 중요한 사안이든 적극적으로 대응하지 않으면 결국은 한여름 정오처럼 밝게 드러나게 되어 있다. 일의 중심에서 이탈하지 않고 적극적인 태도로 일관한다면 상위 10%는 아니더라도 상위 30% 이내에서 순조롭게 인생의 항해를 할 수 있을 것이다.

비행기가 구름 위로 가면 그곳은 비가 오지 않는다. 구름 아래 있을 때 천둥 번개와 비바람이 몰아치는 것이다. 어렵더라도 구름을 뚫고 올라가면 되는 것이다.

위축되지 않고 자신 있게 사는 삶을 살려면 어떻게 해야 할 것인가? 자신감은 일, 사랑, 여가, 가족과의 관계 등에서 균형을 잡고 능동적이고 긍정적으로 반응하는 것이다. 나는 일에 대한 욕심이 많다. 잘하지는 못할지라도 어렵거나 쉽지 않은 일을 가급적 맡아 해내려고 노력한다. 어떻게 보면 잘 안 될 것 같으니까 해결하면 좋고, 잘 안 된다 하더라도 큰 손해는 없지 않을까 하는 얄팍함이 숨어 있는지도 모르겠다. 어쨌든 큰 틀에서 보면 나쁘지는 않은 자세라고 생각한다.

우리가 살고 있는 삶 속에서 일과 이상과의 조화 및 균형감은 어떻게 가져야 하는 것인가? 삶이란 생명, 목숨, 생이다. 삶 속에는 노동력이 수반되는 일이 포함되어 있다. 우리가 땀을 흘려야만 그 소산을 먹을 수 있고 의식주를 해결할 수 있다. 하지만 일 자체가 인생은 아닌 것이다. 남에게 보이기 위해서 사는 게 아니다. 내 인생이 남에게 보여주기 위해 있는 것도 아니다. 인터넷을 통해서 연예인 자살 사건 등을 보게 되는데, 자기 인생을 사는 게 아니라 남의 인생을 살다가 그런 어처구니없는 일이 발생한 것은 아닐까?

살면서 중간중간 정리정돈을 해야 한다. 정리는 쌓여있는 불필요한 것을 버리는 일이고, 정돈은 쓰고 나면 제자리에 두는 것을 말한다. 정리정돈은 통상 물건이나 서류를 챙길 때 쓰는 용어이지만, 인생에서도 필요하다. 20대를 시작할 때 성인으로서의 나아갈 자세, 30대를 시작할 때 본격적인 인생 성장기에서의 자세, 40대를 시작할 때 건강과 주위 사람들과의 관계에 대한 자세, 50대 이후에는 제 2의 인생에 대한 대비가 필요할 것이다.

우리의 삶은 다양하다. TV 드라마에서처럼 엄청난 비극적인 삶이 있는가 하면 평온한 바다처럼 안정된 삶도 있을 것이다. 하지만 모든 인생에는 파란만장한 사연들이 있다. 한편의 장편 소설처럼 극적인 요소가 펼쳐지는 것이 인생이지만, 일과 삶의 균형에서 적절히 조화롭게 자족하면서 뚜벅뚜벅 걸어가야 할 것이다. 이왕이면 밝게, 이왕이면 긍정적으로, 이왕이면 적극적으로 인생길을 걸어가야만 한다.

◇

나의 꿈

19살 어린 나이에 은행에 입행하면서 나는 꿈을 꾸었다. 고등학교 졸업을 하지 않은 상태에서 수습 행원으로 일을 시작했고, 여드름 꽃이 만개한 어린 나에게 선배 여직원은 장난 삼아 농담을 하곤 했다. 여직원들이 말만 걸어도 얼굴이 빨개지며 부끄러워했던 그 어린 시절에 나는 꿈을 꾸었다. '불가능하겠지' 하면서도 마음 한구석에 담아 놓은 꿈! 은행 지점장(부서장)!

2010년 7월 21일 나는 신한은행 본부 부서장이 되었다. 내 사무실이 생긴 것이다. 매일매일 최선을 다했다고 자신할 수는 없지만, 한눈 팔지 않고 열심히 성실히 살아온 날들. 남들이 뭐라 하든 성실하게 살려고 노력했다. 소위 백back도 없지만 은행에서 일 열심히 하고, 난관이 있으면 극복하려고 몸부림도 치고, 힘들어 하면서도 어떻게든 극복하려고 노력해 왔다. 신한금융지주회사 사장님 표창 등 6회에 걸쳐 표창장을 수상했고, 평생 한 번 하기 어렵다는 홀인원을

2009년 10월 16일에 제주 레이크힐스 CC에서 기록했고, 국민대 경영대학원 금융보험 MBA 석사 학위식에서 원우회장을 수행한 공로로 공로패를 수상하기도 했다.

어릴 적, 먹는 문제조차 해결하지 못해 내 생일임에도 가족들이 수제비를 먹었고, 등록금을 내지 못해 겨우 중고등학교를 다닐 형편이었다. 그런 나에게 직장은 가족을 부양할 수 있게 해주었다. 결혼과 함께 아이들도 태어나 나는 아버지로서 아이들에게 좋은 가문의 전통을 남겨주고 싶었다. 겸손하면서도 당당한 삶, 남의 시선을 두려워하지 않는 독립형 인간의 삶을 전해주고 싶었다.

나는 신한은행을 사랑한다. 내 꿈을 이루게 해준 신한은행을 사랑한다. 하루하루가 모여 한 달이 되고, 한 달이 모여 1년이 되고, 1년이 모여 대代가 된다. 또한 대代가 모여 인생이 된다. 하루를 대충 살면 결국은 대충 흘러가는 인생이 된다.

어릴 때는 정말 불가능할 것이라고 생각한 꿈이 시간이 흐르면서 가능한 꿈으로 변해갔다. 인과응보! 원인이 있으면 응당한 결과가 나타난다. 원인과 결과는 동일하다. 결과만 놓고 보면 이런저런 과정을 무시할 수 있지만 모든 일에는 원인이 있고 결과가 있다. 일본 교세라 명예 회장이었고 JAL 회장인 이나모리 가즈오는 카르마 경영에서 "결과에 노심초사하지 말라. 인과응보의 결과는 정확하다"라고 강조했다.

사필귀정! 모든 일은 반드시 바른길로 돌아간다. 결과만 좋기를 바라는 것은 욕심이다. 물론 공짜로 복권에 당첨될 수도 있지만, 그 결과는 참담할 때가 많다. 복권이 당첨되는 것은 결과가 아니기 때문이다. 그 당첨금으로 어떻게 되느냐가 그 결과이다. 복권에 당첨된 사람들 대부분 폐인이 된다고 한다. 그것은 원인일 뿐이지 결과가 아니기 때문이다.

시간만 흐른다고 해서 꿈이 현실이 되는 것은 천부당만부당한 말씀이다. 남들보다 더 많이, 더 높이, 더 적극적으로 실천해야만 실현 가능하다. 적자생존! 적는 자만이 생존한다는 신조어이다. 나는 이 말을 전적으로 신뢰한다. 느낌이든 좋은 글이든 아이디어이든 메모하고 흔적을 남겨둬야 한다.

나는 메모하는 습관이 있는 편이다. 이것이 남들과 조금 차별화된 나만의 장점이었다. 되새김질하듯 적어놓은 노트를 가끔 꺼내놓고 생각이나 상상을 해보는 습관이 조금씩 나아지는 방향으로 나를 이끌었다. 나의 꿈이 이루어진 것이 또 하나의 원인이라 생각하고, 교만하지 않으며 겸손하게 다음 결과가 기다리는 중간 간이역을 향해 걸어갈 것이다. 이왕이면 당당함과 겸손함으로 무장해서 말이다.

적극적인 사람

'적극적이다'라는 말은 남들보다 먼저 생각하고 행동하는 사람에게 주어지는 칭찬 같은 말이다. 또한 사물에 대한 태도가 긍정적이고 능동적인 것을 말한다. 긍정적인 사람은 자신이 결정할 수 있는 영향력 안에 있는 일에 초점을 맞춰 "어렵지만 한번 해보자"라고 의욕을 보이는 사람을 말한다. 그런데 오해하지 말아야 할 것은 극성스럽게 앞뒤 분간 없이 나서는 불도저형 인간을 적극적인 사람으로 착각해서는 안 된다.

우리 주변에는 소리만 요란한 사람들이 있다. 내용은 아무 것도 없으면서 큰소리만 치는 경우이다. 이런 경우 주위 사람들은 피곤하다. 뻔히 결과물이 없을 줄 알면서도 대응하면 반발이 예상되어 그냥 참는 것이다.

소극적 또는 부정적인 사람은 자신이 결정할 수 없는 일에 초점을 맞추어 불만을 토로하는 사람이다. 체면 때문에 침묵하는 사람,

군대 생활 처세술 중 하나인 '중간만 하자'라는 무색무취의 자세로 일관하는 사람들의 말로는 개운치 않다. 어떤 일에 중도 하차 당하고 나서 나는 열심히 살았고, 남에게 피해를 주지 않았고, 가족을 위해 헌신했다 등등 나름의 변명을 허공에 뿌려본들 공허한 메아리로만 남는다. 성격이 내향적이라서 다른 사람들에 대한 표현력이 서툴러 적당하게 군중 속에 묻혀 가자고 자신을 위로하면서 살아도 보지만 마음은 항상 불편할 뿐이다. 자신이 속해 있는 단체에서 적극적으로 문제를 해결하고 주도적인 삶을 사는 사람들을 부러워하며 평생을 추종자, 방관자로 살아가는 것이다.

어느 장소, 누구를 만나더라도 자신의 의견을 잘 표현하지 못하고 어쩔 줄 몰라 하면서 사는 경우가 많다. 적극적인 사람이 되는 지름길은 감사하는 사람이 되는 것이고, 겸손한 사람이 되는 것이다. 내 자신을 낮추고 남들에 대해 떳떳하다면 소극적일 이유는 없는 것이다. 감사할 일이 많기에 표정이 밝고, 대인 관계에서도 적극적으로 해결하려 노력할 수 있다.

미국의 유명한 시사 프로 진행자인 오프라 윈프리는 "삶 속에 구석구석 숨겨진 감사 거리 5가지를 매일 찾아 기록하면서 삶이 바뀌었다"고 말한다. 주도적인 사람들은 뭐가 달라도 다르다. 문제는 항상 발생한다. 문제가 없는 인생은 없다. 문제 자체를 부정하는 것이 아니라 '이 상황에서 내가 해야 할 일은 무엇일까?'라는 자문자답으로 시작해서 해결해 나가는 것이다. 또한 항상 남이 시키는 일만 하는 사람은 나이가 많아지고 지위가 높아져도 항상 소극적이다. 명령을 받는 사람과 적극적인 사람은 결국 시간이 흐를수록 격차는 벌어지게 되어 있다. 처음 시작은 1도밖에 차이가 나지 않지만 결국에는 차이를 극복할 수 없을 만큼 큰 차이가 난다.

소극적인 사람과 적극적인 사람들 중 결국은 적극적으로 주도하는 사람들이 성공하게 된다. 세상일을 100% 장담할 수는 없겠지만 적극적인 사람이 승리하게 되어 있다. 나에게 주어진 상황을 유리하게 만들고 자기 색깔을 드러내며 강한 인상을 남기려면 주도적인 사람이 되어야 한다. 과연 어떤 선택을 해야 할까? 당연히 주도적인 사람, 적극적인 사람이 되어야 할 것이다.

성공한 사람들의 공통점 중 하나는 긍정적 마인드이다. 잘 될 거라는 막연한 공상이 아닌 할 수 있다는 자신감으로 무장하여 세상에서 오는 문제들을 해결하면서 성취감을 맛보는 것이다. 이런 긍정적이고 적극적인 시각에 대한 인식은 개인별로 다를 것이다. 남들보다 빨리 깨우친 사람, 소위 철들었다고 부모님, 또는 주위 사람들로부터 평가를 받는 때는 각각 다를 것이다. 그때가 10대, 20대, 30대, 40대 그 이후 어느 세대이든 그가 걷던 인생길은 깨우치기 전과는 다른 차원이 되는 것이다. 출근하기가 죽기보다 싫고 사람 만나는 것이 두려웠던 모습, 나 자신에 대한 열등감 등 나를 속박하는 수갑 같은 장애물들이 일거에 제거될 것이다. 자신감에 충만한 사람, 겸손한 사람, 미소 짓는 사람, 40대 이후 얼굴에 책임지는 사람, 어

느 자리에 있던 당당한 사람이 되는 것이다. 그 이후 걸어가는 길은
좁은 길이 아닌 신작로가 되는 것이다.

자, 어떤 것을 선택할 것인가?

◇
다시 날기 위한 여행

여행을 좋아하지 않는 사람은 없는 것 같다. 학창 시절에는 수학여행, 배낭여행이 있고, 성인이 되어서는 당일치기 여행, 주말 여행, 여름휴가 여행, 해외여행 등이 있다. 왜 사람들은 여행을 좋아하고, 현재 자리에서 떠나려고 할까? 아마도 현재 상황을 객관적인 관점에서 돌아보고 재출발하기 위한 기회를 갖기 위함일 것이다.

대개 현재와 미래를 불안한 마음으로 지내고, 더 심한 경우에는 초조한 마음으로 지내는 경우가 많다. 물론 한 치(3.33㎝) 앞도 내다볼 수 없는 것이 인간의 한계이다. 5분 후 아니 1분 후 상황만 미리 알 수 있는 혜안이 있다면 모든 사물과 주위 환경을 지배할 수 있을 것이다. 그래서 사람들은 이 불안과 초조함에서 벗어나고 싶은 마음에 본능적으로 기회가 되면 지금 자리를 떠나서 여행을 하고 싶어한다.

크게 보면 인생 자체가 여행이다. 태어난 순간부터 나름의 목적지를 향해 떠나는 여정인 것이다. 나 같은 범부凡夫는 자가 발전해서 깨달을 능력은 없기에 앞서간 선인들의 언행을 보고 답습하는 정도이지만 그렇게 하는 것만이라도 다행이라 할 수 있다.

나는 여행을 좋아한다. 자동차로 떠나는 여행을 특히 좋아한다. 1박 2일 일정으로 가족과 함께 겨울 여행을 떠난 적이 있다. 중앙고속도로를 지나 영덕으로 가서 영덕 꽃게를 먹고, 강원도 동해를 따라 펼쳐진 고속도로를 달리는 기분은 참 상쾌했다.

TV 정규 방송이 끝난 후 애국가 "동해물과 백두산이 마르고 닳도록~" 노래와 함께 화면에 나타나는 바닷가 촛대바위를 구경했다. 그 길로 온천으로 유명한 덕구 리조트로 가서 그 안에 있는 온천에서 목욕을 하고, 근처 모텔에서 1박을 했다. 모텔 안에서는 집에서부터 가지고 간 감자탕을 몰래 끓여서 같이 먹은 라면 맛은 정말 일품이었고, 내가 기억하는 최고의 별미였다. 다음날 강원도 동해를 끼고 고속도로를 신나게 달리며 겨울 바다를 만끽했다. 서울로 돌아오는 길에 대관령 양떼 목장을 들러 양들을 구경하고 아이들과 먹이도 주면서 재미있게 보냈다. 압권은 그 다음에 펼쳐졌다. 대관령 꼭대기 설원에서 펼쳐진 장면은 내 인생 사진기에 잘 찍어둔 장관이었다. 하얀 들판과 멀리 보이는 고속도로, 집들, 나무들…. 세상이 모두 하얗게 뒤덮여 마음을 깨끗하게 씻어 내리는 기분이 들었다. 지금까지의 묵은 때를 버리고 새로운 마음으로 시작할 수 있을 것 같은 그런 기분이었다.

다음은 내가 처음 해외여행을 간 경험이다. 해외 금융 기관의 노하우를 벤치마킹하기 위해 홍콩, 영국 등을 방문하는 해외 출장을 가게 되었다. 출발하는 날이 2001년 9월 15일이었다. 그런데 출발하기 4일 전인 9월 11일 세계무역센터를 강타한 9·11 테러 사건이 발생했다. 처음 가는 해외여행에 대한 설렘, 기대감 등으로 다음에 가라는 권유도 애써 무시하고 죽어도 가겠다고 고집을 부렸다. 결국 첫 해외여행은 주위 동료들의 우려와 관심 속에 출발하게 되었고, 첫 여행지인 홍콩으로 출발했다. 물론 업무상 출장이었지만 마음은 콩밭에 가 있었다. 오션파크에서 본 재미있는 돌고래 쇼, 트램을 타고 홍콩 정상에 위치한 빅토리아 파크에서 바라본 홍콩 전경, 각 건물 외벽에서 뿜어져 나오는 휘황찬란한 색색의 불빛들(불빛 색깔이 갖는 의미가 각각 있다고 함) 한마디로 정신이 없을 정도였다. 주말에는 심천으로 이동하여 민속촌에서 공연하는 패션쇼와 소수 민족 공연을 보면서 매우 감동을 받았다. 이런 엄청난 스케일의 멋있는 공연이 또 있는가 생각하면서 가족들, 특히 아내에게 미안한 마음이 들었다. '나 혼자만 이런 좋은 장면을 보는구나' 하고 말이다. 다음에 가족들과 꼭 같이 가 봐야겠다고 다짐했다. 홍콩에서의 일정을 마치고 영국으로 떠났다.

영국에 사는 한국 사람들도 가본 적이 없다는 영국령 아일오브만이라는 섬에서 사전에 만날 약속을 한 자산 운용사 사장님을 만나러 갔다. 공항에서 기다리고 있는데 공항 안내 방송에서 조금 늦는다고 기다려 달라는 멘트가 들렸다. (물론 영어 잘하는 동행 친구를 통해 전해 들었지만….) 약 30분 정도 늦게 도착한 풍채 좋고 사람 좋게 생긴 노신사분은 양해를 구한 후 자신의 자동차로 우리를 안내했다. 경치가 좋은 곳에서는 사진을 찍으라고 배려해 줬고, 그분의 사무실에서 같이 근무하는 동료들을 소개한 후 Pub(간단한 식사 및 주류 판매하는 식당)에서 점심을 사주기도 했다. 그곳에서의 일정을 마치고 다음 약속 장소로 이동하는 중에 좋은 경치가 있는 곳을 소개시켜 주고 사진도 찍게 배려해 줬다. 다음 약속 장소의 약속 시각은 오후 3시였는데 10분 전에 도착해서 우리에게 약속 장소를 알려줬다.

영국 자동차는 운전석이 오른쪽에 있는데, 나는 뒷좌석 좌측에서 그분에게 "I pray for you, thank you."(내가 당신을 위해 기도할게요. 고맙습니다.)라고 말하니까 그분은 내 오른손을 꼭 잡아주었다. 참 고마운 분이었다. 다른 나라 사람이 나를 찾아온다면 이렇게 할 수 있을까? 내가 알지도 못하는 사람을 위해 배려하고 도와줄 수 있을까? 많은 것을 느끼고 배운 값진 경험이었다.

그곳에서의 일정을 마치고, 프랑스에 들러 베르사유 궁전, 루브르 박물관 등을 관광하고 귀국했다. 처음 경험하는 해외여행 치고는 여러 나라를 구경했다. 다른 사람들과의 대화에서 해외여행 얘기가 나와도 전혀 꿀릴 게 없게 되었고, 해외여행에 대한 나의 콤플렉스도 해소되었다. 그렇게 나의 첫 해외여행은 마무리되었고, 나의 인생에서 값진 자산이 되었다.

그 이후 아내와 일본 여행을 가게 되었다. 물론 단체 여행에 동행하면서 구경하는 투어였다. 토요토미 히데요시의 고향인 오사카, 오래된 古都인 교토, 나라를 둘러보고, 마지막으로 동경타워 등 동경 시내를 구경하는 일정이었다. 그중에 가장 기억에 남는 것은 어느 일본 여관에서의 다다미 방이었다. 해외여행 중에 일반적으로 호텔에서 묵게 되지만 하룻밤은 일본식인 다다미 방에서 숙박하게 되었는데, 요와 이불이 참 따뜻하고 포근했던 기억이 난다. 그리고 일본 사람들의 친절도 새삼 느끼게 되었다. 여행은 다시 날기 위한 재충전의 시간이다. 해외여행이 아니더라도 잠시 쉬어가는 것은 꼭 필요하다. 음악에도 쉼표가 있고, 대나무에도 마디가 있어 곧게 성장할 수 있다. 이번 주말에는 일상생활에서 벗어나 가을 단풍을 만끽해 봐야겠다.

◇

말을 잘한다는 것은

말을 잘한다는 것은 어떤 의미일까? 자신의 생각을 상대방에게 정확히 전달한다는 것이다. 그런데 사람들이 말을 할 때 자신이 무엇을 생각하고 무엇을 전달하려고 하는지조차 정확하게 모른다는 데에 문제가 있다. 우유부단(어물어물하며 딱 잘라 결단을 내리지 못함) 함, 자신의 선택을 믿지 못하는 무소신 등이 말을 잘하는 것의 큰 장애 요인이다.

모두들 말 잘하는 사람들을 참 부러워한다. 과연 말 잘하는 사람은 선천적으로 타고나는 것일까? 절대 그렇지 않다고 생각한다. 필요성을 절감하고 부단히 연습한다면 극복할 수 있고, 말 잘하는 사람으로 평가받을 수 있다.

자신감 없는 태도에서 비롯된 말은 진정성 있게 받아들여지기 어렵다. 자신감과 교만함은 큰 차이가 있다. 교만이란 젠체하고 뽐내며 방자한 것을 말한다. 다른 누군가가 자기 자랑을 늘어놓거나 잘난 체를 한다면 그것은 금방 알게 된다. 그리고 더 이상 듣고 싶지 않거나 상대하기가 싫어진다. 하지만 타인을 무시하지 않고 자신감 있는 목소리로 말을 한다면 그것은 받아들이는 데 어렵지 않다. 물론 이 두 가지의 차이는 설명하기 어려운 문제일 수도 있다. 이것은 그 당시의 느낌 또는 감에 의해 결정되기 때문이다.

말을 할 때는 목소리 톤이 중요한 요소이다. 개인 간의 대화, 팀원 간 회의 시에 말하는 톤, 여러 사람을 앞에 두고 말하는 강의할 때의 목소리 등 어떤 상황이더라도 목소리는 긴장감 있고 똑똑하게 말하려는 마음가짐이 중요하다. 대충대충 말해서는 자신이 무슨 말을 하는지도 모르고, 상대방은 더욱 더 모를 수밖에 없다.

세상 일에 정답이 없는 경우가 다반사이다. 그렇지만 생각을 정립하여 소신 있게 말하려고 노력하는 것은 중요하다. YES, NO로 너무 극단적으로 흐르는 것은 조심해야겠지만 나름의 답을 갖는 것은 필요하다. 이것도 저것도 아닌 무소신, 무원칙을 어릴 때부터 배워 온 중용(어느 쪽으로든지 치우침이 없이 중정中正함)으로 오해해서는 안 된다. 자신감 있는 목소리는 설득력 있게 들린다.

자신감은 어디에서 나오는가? 핵심 사항이 무엇인지, 실체가 무엇인지 연구하는 자세와 부단히 노력하는 태도에서 나온다. 말은 전달 수단이다. 말을 많이 하든 적게 하든지 간에 상대방을 신뢰할 만한가에 따라 전달력은 달라지게 된다. 말은 피상적으로 겉으로 드러나는 외피에 해당되지만 그 화자話者의 됨됨이, 신뢰도에 따라 내용이 전달되는 것이다. 인생은 하루하루 쌓아가는 창고이다. 보물을 쌓으면 보물 창고가 되는 것이고, 쓰레기를 쌓으면 쓰레기 창고가 되는 것이다. 보물 창고에서 나오는 것은 보물이고, 쓰레기 창고에서 나오는 것은 쓰레기일 것이다.

말을 할 때는 사전 준비가 무엇보다 중요하다. 핵심적인 내용은 자료를 참고하고 생각을 끄집어 내서 말할 수 있지만, 끝말은 준비하지 않으면 삼천포로 빠질 수 있다. 예를 들어 회의 자료를 발표할 때에 듣는 사람에게 부탁을 하는 건지, 아니면 사실에 대해 전달하는 것인지, 또는 무엇을 할 예정에 대한 것인지, 확정된 내용을 전달하는 것인지 등은 사전에 확실하게 준비하지 않으면 말하는 중간에 당황하게 된다.

말을 잘하는 사람은 스크립트(대본)를 그대로 읽는 사람이 아니다. 어느 정도의 자료가 있으면 기승전결에 따라 얘기할 수 있어야만 한다. 보물 창고에 보물을 쌓기 위해 하루하루 주어진 기회에 말이라는 보물을 쌓아가야 한다. 말을 할 때 또박또박 말하고, 중언부언하지 말고, 핵심적인 내용을 간추려서 말하려는 노력이 필요하다. 아나운서만 말을 잘해야 하는 것은 아니다. 우리 같은 일반인들도 말을 정확하게 하고, 적재적소에 필요한 단어 구사를 해야 한다. 말 잘하는 사람들의 말을 듣고 있노라면 목마를 때 청량음료를 마시는 것 같은 시원함이 느껴진다. 여기에 위트 있는 말 한마디가 첨언된다면 금상첨화일 것이다.

나는 개인적으로 표정 관리를 잘 못하는 편이다. 상대방이 룰(법일 수도 있고, 세상 이치일 수도 있다)을 지키지 않았을 때, 특히 시간 약속을 지키지 않았을 때 화가 나면 표정 관리가 잘 되지 않는다. 개인 간 대화에서 내 얼굴에 감정선이 드러나는 것을 느낄 수 있다. 조금은 감정을 배제한 채 대화를 하고 싶지만 잘 되지 않는다. 이 점은 분명 단점인 것 같다.

말을 잘한다는 것은 인생에서 가장 필요하고 중요한 것 중 하나이다. '논리적이다, 상식적이다, 합리적이다'라는 평가를 받는다는 것은 매우 중요하다. 조직에서는 직급이 올라갈수록 말할 기회가 많아진다. 말해야 하는 내용에 대해 전문성만을 강조하여 말한다고 해서 전달력이 확보되는 것은 아니다. 말해야 하는 내용과 아울러 그 바탕에 진지함을 담아 또박또박 말한다면 전달력은 원하는 것보다 훨씬 더 커질 것이다. 상대방에게는 배려, 자신에게는 겸손으로 채워야 한다. 나 자신에게 주문한다. 진정으로 상대방을 위하고 잘되기를 원하는 마음이 나에게 채워지기를….

◇

상선약수 上善若水

상선약수上善若水, 노자의 도덕경에 나오는 말로 '최상의 선은 물과 같다'는 뜻이다. 물은 만물을 이롭게 하고도 그 공을 다투지 않고, 모든 사람이 싫어하는 곳에 있다. 몸은 낮은 곳에 두고 마음은 깊은 곳에 둔다는 의미이다. 물은 부드럽다. 산의 계곡이나 시냇물의 물은 잔잔하고, 쉼 없이 위에서 아래로 흘러간다. 흘러가다 평지를 만날 경우 잠시 쉬어가기도 한다. 하지만 물이 많아지면 매우 강한 모습으로 나타난다. 바다에 있는 바닷물, 여름 장마에 억수같이 쏟아지는 장대비 등은 아주 강한 모습으로 다가온다. 또한 양은 많지 않아도 쉴 새 없이 떨어지는 물은 종국에는 바위도 깨뜨려 버린다. 부드러움과 강함.

사람이 살아가면서 마냥 부드럽기만 해서는 일이 이루어지기가 어렵다. 누가 보아도 인정할 수 있는 논리나 권위를 갖기 위해서는 맺고 끊는 강단이 필요하다. 마냥 착하기만 하고 편한 사람은 무시당하거나 바보 취급 받을 가능성이 많은 것이 세상 이치이다. 결국에는 원인에 정당한 결과가 나타나는 인과응보로 끝날 수도 있지만 과정에서는 힘들 수 있다. 대개 사람들은 부드러움보다는 강함에 더 이끌린다. 전투력을 발휘해서 내가 원하는 바대로 이루어지기를 기대하며 적극적으로 일을 진행하려 하는 것이다.

미국에서 조사한 서베이 중에 사람들이 제일 무서워하는 것은 뱀이 아니라 많은 사람 앞에서 발표하는 프레젠테이션이라고 한다. 내 경우에는 떨리긴 하지만 공식 석상에서 내 의견을 피력하거나 발표하는 기회를 갖기 원한다. 왜냐하면 위기는 곧 기회이기 때문이다. 내 자신을 알리고, 내 생각을 전달하는 수단으로 가장 유효한 방법이기 때문이다. 삶에서는 항상 차별화를 염두에 둔다. 아직은 물과 같이 부드러운 느낌, 타인을 감싸는 포용력은 부족함을 느낀다. 심정적으로는 물보다는 태산이 마음에 든다. 있는 듯 없는 듯 지나가는 물보다는 우람하게 버티고 있는 태산의 위압감이 매력적이다.

타인을 배려한다는 것은 그저 내 자신의 이미지 제고를 위한 하나의 방편 정도인 경우가 많다. 진정으로 마음에서 우러나와 행동으로 이어지는 경우는 많지 않은 것 같다. 성과주의 문화, 현대 사회에서의 치열한 경쟁, 타인을 이겨야만 내가 산다는 절박함이 내 마음을 지배한다. 아무래도 마음의 여유가 없어 그런 것 같다. "의식이 족해야 예의를 안다"고 했다. 내가 좁을 대로 좁아 있으면서 남을 배려하기는 참 어렵다.

나 자신의 의지대로, 내 마음대로 살려면 무엇보다도 타인의 지배를 받지 않아야 한다. 특히 직장인이라면 절대적으로 영향력을 행사하는 직장 상사의 지배를 받지 않아야 한다. 그러기 위해서는 지시 받기 전에 먼저 기획안을 만들고 각종 아이디어를 내놓아야 한다. 원하는 수준보다 100% 이상 전력을 다해 만들어야 만족시킬 수 있다. 세상 모든 일이 난공불락인 것만은 아니다. 조금만, 정말 조금만 더 적극적으로 노력한다면 자신의 페이스대로 끌고 갈 수 있다. 내가 생각한 기획안은 상사가 볼 때 최대 70점 정도로 생각한다면 거의 틀림이 없다. 내가 생각한 기획안을 90점 이상으로 끌어올려 보고한다면 칭찬받는 것은 물론, 내가 원하는 대로 진행될 것이다. 이것이 습관적으로 이루어지다 보면 내 방식대로, 내 스케줄대로, 내 중심으로 직장생활이 이루어지게 되는 것이다.

누구나 마음 속에는 부드러움과 강함이 공존한다. 어느 부분이 더 강하냐에 따라 그 사람의 캐릭터가 정해진다. 또 어떤 경우에는 어느 것도 보이지 않는 무미건조한 경우도 있다. 아직은 강함에 끌리는 걸로 보아 젊다는 생각이 든다. 직장 동료와의 업무적인 만남, 가족과의 일상생활, 친구, 또 다른 만남들, 내 의지와 욕심에 따라 일이 진행되기를 바라며 뜻대로 되지 않으면 화를 내고, 판을 깨 버리는 경우도 있다. 아직은 소인배이다. 다만 마음에 위안을 갖는 것은 내가 소인배라는 것을 인정하고 더 발전하기 위해 노력한다는 것이다. 상선약수上善若水. 물이 최상의 선이라는 것을 진정으로 알게 될 때는 언제쯤일까?

나만의 주특기

주특기는 사전적으로 주된 특기, 또는 전문적인 교육을 받음으로써 얻는 특기를 말한다. 살면서 주특기가 있다면 참 좋을 것이다. 피아노, 바이올린, 기타 등 악기를 잘 다루든지, 아니면 야구, 테니스, 수영 등 운동을 잘하는 경우일 것이다. 또는 산악 자전거, 암벽 등반 등 독특한 취미 활동이 주특기가 된 경우도 있을 것이다.

주특기와 취미는 어떤 차이가 있을까? 취미는 상대적인 것이 아닌 주관적이고 자기만이 좋아하는 어떤 것이고, 주특기는 남들보다 잘하거나 독특한 것을 말할 것이다. 직장 동료들에게 물어봤다. 당신의 주특기는 무엇인가 질문했을 때 처음에는 머뭇머뭇하다가 한 명씩 자신의 주특기를 수줍게 드러냈다. 악기를 잘 다루지는 못해도 좋아하는 사람, 사진 찍기, 하늘 별자리 연구, 테니스 등 다양한 의견이 나왔다. 그렇다면 나의 주특기는 무엇인가? 자문자답을 해본다. 남들보다 잘하거나 전문적인 교육을 받아 얻은 특기라고 내세울 게 딱히 없다. 이제라도 주특기가 될 만한 것을 만들어야 할까, 아니면 이 것저것 할 수 있는 것을 재미있게 하는 것이 좋을까? 내가 좋아하는 것을 하다 보면 그것이 주특기가 될 것이라는 막연한 생각이 든다.

지금 내가 좋아하는 것은 책 읽기와 글쓰기이다. 남들보다 많이 읽는 것보다는 그냥 책 읽을 때가 좋을 뿐이다. 책 읽을 때 마음이 평온해지고 잔잔해진다. 소위 몰입하게 될 때가 많다. 그것이 잠시 일 때도 있고 꽤 오랜 시간 지속되기도 한다. 책만 읽는 것을 주특기 라고 하기에는 쑥스럽다. 그렇지만 글쓰기는 잘만 하면 주특기가 될 수 있을 것 같다. 왜냐하면 글 쓰는 사람은 많지 않기 때문이다. 먼 훗날 책을 출간하게 되었을 때 이 글도 그 책 속의 한 부분이 될 것 이다. 그렇다면 글쓰기는 주특기가 될 수 있을 것 같다.

내 이름으로 된 책을 출간한다는 상상만 해도 즐겁다. 아마도 내 노후는 책과 관련된 일을 하지 않을까 싶다. 헌책방 운영, 독서 컨설 팅, 북 카페 운영 등등. 참 좋을 것 같다. 내 인생 2라운드는 책과 함 께할 것이다. 이렇게 인생 후반전에 대한 콘셉트를 정해 놓을 수 있 는 것만으로도 행복하다.

또 다른 주특기는? 골프. 골프를 치면 참 재미있다. 잘 치든 못 치든 재미있다. 나는 왼손잡이이다. 왼손잡이는 골프 치는 것이 참 어렵다. 골프 연습장에는 왼손잡이가 칠 수 있는 곳이 거의 없다. 있 더라도 구석 한자리 정도이다. 그래서 처음 배울 때부터 오른손으로 배웠다. 아무래도 힘있게 치기가 어렵다. 그래서 시원스럽지가 못하다. 비거리가 짧아서 타수 줄이기가 쉽지 않다.

우리나라 프로 골프 선수 중에는 왼손잡이 선수가 거의 없다. 외국에는 필 미켈슨 등 유명 프로 골퍼가 간혹 있긴 하지만 말이다. 그래서 요즘은 왼손 드라이버를 구입해서 연습을 하고 있다. 왼손으로도 칠 수 있고 오른손으로도 칠 수 있는 스위치 골퍼가 되는 것이다. 야구에서는 왼손, 오른손 타석에서 자유자재로 치는 선수들이 있긴 하다. 내가 왼손 오른손을 다 쓸 수 있는 스위치 골퍼가 된다면 재미있을 것 같다.

나는 또한 퍼팅도 왼손 오른손 다 쓸 수 있다. 동반자가 희한한 사람이라고 놀리거나 헷갈릴 수도 있지만, 어느 누구도 나와 동반 라운딩한 것을 잊지 못할 것이다.

주특기란 남들보다 잘한다는 개념이 있겠지만 남들과의 차별성, 독특함이 포함된다고 생각한다. 그래! 스위치 골퍼! 이것도 나만의 주특기이다. 꽤 재미있을 것 같다. 재미있으면 되는 것이다. 또 뭐가 있을까? 딱히 떠오르지 않는다. 피아노, 수영, 테니스…. 내 인생에서 꼭 하고 싶은 것이다. 지금은 주특기라고 할 수 없지만 꼭 도전해서 내 것으로 만들고, 내 주특기라고 하고 싶은 분야이다.

글로 써 놓으면 내 의식에 남아 시도하게 될 것이다. 내가 지금 인식하지 못한다면 시도조차 하지 못할 것이다. 그 분야의 선수가 아니더라도 내가 즐기며 남들보다 조금 독특하게 잘한다면 그것이야말로 내 주특기일 것이다. 도전해 본다는 것만으로 즐거운 마음이 든다.

◇

가을 여행

가을 단풍잎!
새색시 볼과 같이 참 붉다
단풍잎이 이렇게 붉다는 것을 이제야 알게 되었다
정신없이 달려온 나날들
앞뒤 좌우 돌아볼 겨를 없이 눈앞만 보고 달려 온 것은 아닌지
지금이라도 단풍잎이 붉다는 것을 알게 된 것이 얼마나 다행인가

노란 은행 나뭇잎!
어릴 적 옆집 여학생의 눈망울처럼 참 곱다
사춘기 시절 책갈피에 꽂아 두었던 은행 나뭇잎
남몰래 혼자 앓던 짝사랑의 기억을 생각하게 한다
어설프지만 순수했던 마음을 되새길 수 있는 것이 얼마나 다행인가

좋은 사람들과의 가을 여행!
어릴 적 소풍의 설렘
초코파이 하나 주머니에 있으면 부러울 게 없던 시절
이제야 뒤돌아볼 수 있는 나이가 되었나 보다
가을 여행의 여유로움을 알게 된 것이 얼마나 다행인가

가을 여행!
붉은 단풍잎과 노란 은행 나뭇잎!
고즈넉한 여유로움을 만끽한다
내 마음에 여유로움과 차분함으로 다가온다
좋은 추억으로 좋은 마음으로 남는다

나는 소박한것에 감동한다

소중한 만남

우리는 살아가면서 많은 사람을 만난다. 스쳐 지나가는 사람, 온종일 같이 생활하면서 생사고락을 함께하는 사람, 비즈니스 관계로 만나는 사람, 서로 사랑하는 연인 사이, 그리고 가장 중요한 가족 등. 하루에 몇 명이나 만날까? 하루에 대화를 하는 사람의 수는 20명을 채 넘기지 않는 것 같다. 아니 10명을 넘지 않는 날도 많은 것 같다. 남을 이겨야만 내가 살아남는다는 현대의 치열한 경쟁 속에서 항상 이해관계를 따지고 이익이 될지 손해가 될지 가늠하면서 나를 기준으로 한 우열을 따지면서 관계를 맺어 가는 것이 옳은 것일까? 말이 어눌하고 논리적이지 않은 사람들을 간혹 만날 때가 있다. 답답해서 말하는 중간에 끝까지 듣지 않고 중간에 끊으면서 내 얘기만 늘어놓을 때가 많다. 배려가 부족한 것이다. 또한 대화에서 가장 중요한 경청이 안 되는 것이다.

서로 커뮤니케이션할 때 중요한 것은 느낌이다. 자신이 말하면서 무슨 내용을 전달하려고 하는지 본인이 모르는 경우가 많고, 적절한 단어를 구사하지 못하는 경우도 많다. 정확한 단어로 말하지 않는다 해도 느낌으로 안다. 물론 전문적인 비즈니스 관련 회의나 만남에서는 구사하는 단어가 중요할 것이다. 이런 만남을 포함해서 모든 관계에서는 느낌이 중요하다. 정말 상대방이 나를 좋아하는지, 말에 가시가 있는지 등은 느낌으로 안다.

오늘 내가 만나는 사람은 내일의 인생 대차 대조표가 될 것이다. 대차 대조표라고 하면 자산, 부채를 표시하는 재무제표이다. 내가 만나는 사람들을 대상으로 인생 대차 대조표를 적용하면 이 또한 계산적으로 적용될까 염려도 되지만, 달리 적정하게 표현할 방법이 생각나지 않는다. 똑같은 사람일지라도 내가 어떻게 생각하느냐에 따라 상대는 격조 있는 사람이 될 수 있고 저급하고 계산적인 사람이 될 수도 있다. 왜냐하면 내가 어떤 마음으로 대하느냐에 따라 상대방이 달라지기 때문이다.

진심을 전달하기가 쉽지 않다. 내 속마음을 보여야 상대방도 속마음을 보일 가능성이 높아진다. 다른 사람에게 진심 어린 관심과 진지한 태도, 겸손한 자세로 대할 때 우리의 만남은 더욱더 공고해지고 한 명 한 명이 소중한 사람이 되는 것이다. 지구상의 많은 사람들, 물론 매스컴을 통해서 만나는 유력 인사, 연예인 등도 있지만 자기자신만의 세상에서 평범하게 살아가는 그 많고 많은 사람 중에서 오늘 내가 만나는 사람은 엄청난 인연인 것이다. 그런데도 맘에 안 들어 하고, 배척하고, 싫어하는 것은 그 소중한 인연의 중요성을 인식 못하는 것이 된다. 물론 악연도 있다. 안 만났다면 더 좋았을 텐데 하는 사람도 있겠지만 그 경우보다는 소중한 만남이 더 많을 것이다. 사랑하는 사람, 생각만 해도 기분이 좋아지는 사람, 같이 있으면 행복한 사람, 방금 헤어졌는데 또 보고 싶은 사람, 나를 이렇게 생각해 주는 사람이 둘만 있어도 내 인생은 성공한 인생이라고 해도 과언이 아닐 것이다.

내 자신을 돌이켜보면 주는 데 참 인색했다. 가진 것을 뺏기지 않으려고 몸부림을 치고, 나 자신을 위하는 것에만 모든 목표 가치를 부여했다. 자신에게 주어진 삶이 힘겨울 때는 상대방을 배려하고 행복하게 해주는 것에는 한계가 있을 수밖에 없다. 이런 삶 속에서는 늘 허공과 허망이 동행하는 것 같다. 간혹 드라마나 영화에서는 주인공이 힘겨운 상태에서 남을 도와주고 배려해주는 아름다운 모습을 보기도 하지만 현실 세계에서는 쉽지 않은 문제이다.

인생 여행 중에 뻥 뚫린 대로를 달릴 때가 있고, 조그만 오솔길을 걸을 때도 있다. 인생길을 걸어가다 보면 이렇게 여러 종류의 길을 걷게 된다. 이왕이면 즐겁게, 따스하게, 넉넉하게, 기쁨으로 충만한 마음으로 걸어가자.

이제는 알 것 같다. 누군가를 행복하게 하고 즐겁게 하는 데에 초점을 맞추면 그 상대방이 기뻐할 때 나 자신도 행복해진다는 사실을.

"우리 만남은 우연이 아니야, 그것은 우리의 바램이었어….(이하 생략)"

유행가 가사처럼 우리 만남은 우연이 아니라 바람(바램)의 결과이며 소중한 만남이다. 오늘 내 인생길에서 만나는 동행자들에게 차한잔 나눠주고 따뜻한 격려와 진심 어린 말 한마디를 나눠보자. 우리의 삶이 충만해지고 행복해질 것이다.

◇

금연

새해가 되면 한 가지 이상 결심을 하게 된다. 올해에는 꼭 성공해야지 하는 마음을 먹고 시작한다. 금연, 살 빼기, 영어 공부 등이 자주 등장하는 테마이다. 그중에서도 가장 실천하기 어려운 것이 금연이 아닌가 싶다. "금연에 성공한 사람들과는 상종을 하면 안 된다.", "담배 끊는 사람은 아주 독한 사람이다."라는 얘기를 듣게 된다. 내 경우에는 언제인지는 정확히 기억이 나지 않지만 조숙한 친구를 둔 덕분에(대개 나쁜 것은 친구 탓하는 경향이 있다. 특히 성장기에 있는 학생의 부모님의 경우 내 아이는 착한데 나쁜 친구를 만나서 사고를 쳤다고 남 탓을 하는 경우가 많다.) 담배를 일찍 배웠다. 너무 어릴 때 담배를 배워서 공부를 못 했나? 공부 못한 핑계는 참 많다. 한번 배운 담배는 참 끊기 어렵다.

지금은 다른 사람들이 나에 대해 외향적이라는 평가를 많이 하고, 나 또한 적극적인 면이 많아졌다고 생각하지만, 청소년기에는 참 소극적이고 내향적인 성격이었다. 사회생활을 시작했을 때 여자 동료 직원들을 제대로 쳐다보지도 못했다. 그 당시에는 버스, 다방, 사무실 등에서 담배 피우는 것을 용인하는 분위기였다. 따라서 담배를 시도 때도 없이 피웠다. 나는 개인적으로 대화할 때 상대방과 아이 콘택트(눈맞춤)하는 데 어려움이 있고 손을 어디에 둬야 할지 몰라 담배에 의존하는 버릇이 있었다. 담배는 상대방과의 어색함과 침묵을 모면할 수 있는 유용한 도구였다. 그렇게 나는 골초가 되어 갔다.

퇴근 후 집에 갈 때 담배 두 갑을 사서 양복 주머니에 넣으면 마음이 든든했다. 담배 연기를 내뿜으면 세상만사 근심을 연기와 함께 내보내는 느낌이 들었다. 심심하면 동그랑땡(?)을 만들며 장난을 치기도 했다. 큰 동그랑 연기 속에 조그만 동그랑 연기를 집어 넣는 나만의 묘기를 연습하면서 혼자 흐뭇한 미소를 짓기도 했다. 그땐 왜 그렇게 세상 모든 일이 두렵고 걱정이 많고 힘들었는지 모르겠다. 일에 대한 부족함과 자신감 부족에서 나오는 두려움이었다. 이 두려움을 담배에 의지한 게 아닌가 싶다.

술은 선천적으로 잘 마시지 못해 담배에 더 의존했던 것 같다. 그러던 중 담배를 끊어야겠다는 생각을 늘 하면서도 실천에 옮기지는 못했다.

1991년 중반쯤인 것으로 기억한다. 하루도 대단한데 담배를 피우지 않은 기간이 보름을 넘기는 기적이 내게 일어난 것이다. 담배를 끊으면 소화도 잘 안 되고 대인 관계도 어려울 것으로 생각했는

데 꽤 긴 기간 금연을 한 것이다. 그러던 중에 회사 노조 선거에 출마한 선배로부터 선거 사무실에 와서 응원해 달라는 요청이 왔다. 그래서 별 생각 없이 퇴근 후 선거 운동 사무실에서 이런저런 얘기를 나누다 진지한 상황으로 빠져들어 담배에 대한 유혹이 슬금슬금 다가왔다.

'그래 뻐끔 담배로 딱 한 대만 피우자, 아니 한 모금만 피우자.'

유혹은 달콤했다. 그래서 담배 한 모금을 피우는 순간 그날 연속해서 담배 두 갑을 스트레이트로 피운 것 같다. 한 순간의 유혹으로 금연은 완전 실패로 끝났다.

그 후 담배는 끊임없이 내게로 다가와서 때로는 매력적으로, 때로는 치명적으로 괴롭혔기에 나는 담배로부터 자유로울 수가 없었다.

그 후 같이 근무하던 여직원과 결혼을 하게 되었다. 결혼하면 아이가 태어나는 것은 순리인 것이고, 아버지로서 좋은 유전자를 물려줘야 한다는 생각은 항상 갖고 있었다. 아이 엄마의 건강도 중요하지만 아버지의 건강도 아이에게는 엄마 못지 않게 중요하다고 생각했다. 그렇지만 순간순간의 유혹은 이겨내기가 쉽지 않았다.

그러던 중 결혼을 6개월 정도 남겨 놓은 1992년 12월 31일이었다. 그 겨울에 둘만의 데이트는 거리를 마냥 걷는 것이었다. 지금처럼 자가용이 있는 것도 아니고, 경제적으로도 정말 부족한 게 많은 때였다. 그래서 저녁은 분식으로 간단하게 먹고 마냥 걷는 것이 데

이트의 기본 코스였다. 제일은행 본점에서 시작하여 현대 사옥을 지나 돌담길을 걷다 서울대병원 근처에 도달한 것은 1993년을 10분 정도 남겨둔, 제야의 종소리가 울리기 직전이었다. 마음속으로 '새해에는 결혼도 해야 하고 담배를 꼭 끊어야지… 마지막으로 한 개피만 피우고 이제 피우지 말자'이렇게 마음을 먹고, 와이셔츠 안주머니에 있는 88담뱃갑(지금은 판매하지 않음)을 꺼냈는데, 그 갑 안에는 담배가 한 대도 남아 있지 않았다. 근처에 있는 편의점에서 한 갑을 사서 한 대만 피고 나머지는 쓰레기통에 버릴까, 이런저런 생각을 하다가 그 담뱃갑을 구겨서 쓰레기통에 버렸다. 웃기지만 그 후 20년이 훨씬 지난 지금도 그때 피우지 못한 담배 한 대가 못내 그리울 때가 있다. '그때 담배 한 대를 마지막으로 피웠어야 하는데….'라고 말이다. 하지만 내가 실천한 것 중 가장 자랑스럽고 잘한 것은 금연을 한 것이라고 말할 수 있다. 지금은 담배 피우는 사람들을 보면 독가스를 마시는 것 같은 느낌이 든다. 건강하게 잘 살기 위해서 금연은 필수이다. 담배 피울 때 얻는 것보다 어렵지만 담배 끊었을 때에 얻는 것의 차이는 비교할 수 없을 정도로 크다. 아침에 일어날 때의 그 상쾌함은 금연한 사람만이 알 수 있는 것이다.

◇

오늘

영어 'Present'는 '오늘(현재)'을 의미하며 '선물'이란 뜻도 있다.
그 해석이 참 기이하다. 오늘(현재)은 선물이라는 것이다. 누구나 선
물을 좋아한다. 공짜라서 그럴까? 타인이 나를 위해서 생각하고 준
비해서 주는 것이기 때문에 더욱 감동적으로 느껴지는 것 같다.

우리는 성장하면서 선생님으로부터, 부모님으로부터, 직장 상사
로부터 귀에 못이 박히도록 들은 것은 '열심히 공부해라', '최선을 다
해라', '성공해라' 등 노력하라는 것이다. 이 말이 틀린 것은 아니다.
남으로부터 인정받기 위해서, 승진하기 위해서, 성공하기 위해서
는 열정을 가지고 남들보다 더 열심히 노력해야 한다. 그렇지만 항
상 마음은 조마조마하다. 지금 내가 최선을 다하고 있는지, 오늘을
잘 살고 있는지 자신할 수가 없다. 살면서 남들로부터 칭찬을 듣거
나 승진을 하면 그때서야 내가 잘하고 있구나 하고 안심을 하게 된
다. 그러면서도 과거에 갇혀 있고, 미래의 불안에 함몰되는 내 자신

을 발견하게 된다.

오늘을 어떻게 살아야 잘 사는 것일까? 오늘은 선물이라는 것이다. 선물은 그냥 즐기기만 하면 된다. 사람들은 너무 좋아도 불안하다. 이 좋은 것이 금방 날아가 버릴까 봐 불안하다. 나 자신은 과거보다 미래가 더 겁이 난다. 오지도 않은 미래를 겁내고 불안해하는 것이다. 그래서 마음을 바꿨다. 선물인 오늘만 즐기자고 말이다. 내일은 내일이 되면 또 선물이 될 테니까. 너무 낙관적이라고 비판할지도 모르겠다. 또한 나 자신이 매일매일을 선물로 받았다고 좋아만 하면서 살 수 있을지 자신할 수가 없다. 매일매일을 불안해하며 소극적으로 대응하는 것보다는 즐겁게 적극적으로 대응하자는 취지이다.

생각은 바뀐다. 상황에 따라, 시간이 경과함에 따라 참과 거짓이 바뀐다. 어제는 참이었지만 오늘은 거짓이 될 수 있다. 사실에 대해서 100% 분석하고 파악하기란 불가능하다. 재판장에서 죄인이 무죄가 되고, 잘못이 없는데 유죄가 되는 억울한 경우도 많다. 인과응보로 결국은 사필귀정이 될 것이라고 믿지만, 과정에서는 애매한 경우가 많다. 지나고 나면 후회한다. 장고 끝에 악수가 나온다. 오늘 하루를 선물로서 즐겁게 생활하는 것이 후회가 덜할 것 같다. 여러 분야 중에서, 특히 스포츠에서는 팀이 승리하려면 강한 훈련이 뒷받침되어야겠지만, 게임을 얼마만큼 즐기느냐, 재미있게 운영하느냐에 달려 있다고 승리한 감독, 또는 선수들은 이구동성으로 얘기한다.

우리 인생에 있어서도 오늘 하루를 얼만큼 즐기고 재미있게 보냈느냐에 따라 성공 인생이냐, 후회 인생이냐가 정해진다. 모든 인생에서 고민의 양은 정해져 있다고 한다. 전업주부의 경우에는 자녀, 남편, 시댁, 친정에 대한 걱정 등이 주가 될 것이고, 직장인의 경우 실적에 대한 걱정 등이 주가 될 것이다. 어쨌든 고민은 내용만 다를 뿐 항상 있다. 직장 후배한테 들은 얘기인데, 어느 시어머니가 평소 소화 기능이 떨어져서 음식을 잘 먹지 못했는데, 치매에 걸린 다음부터는 청소년같이 먹는 양도 많고, 소화도 잘 시키더란 것이다. 이것은 역설적으로 소화 기능이란 것이 스트레스와 관련이 있다는 뜻이다. 고민이 많으면 먹는 문제 등 사람의 기본 문제가 막혀 버리는 것이다.

타임머신을 타고 현재에서 인생을 마칠 때로 날아가 보자. 죽을 때 후회하는 세 가지가 있다고 한다. 첫째, 좀 더 베풀 걸, 둘째, 좀 더 용서하면서 살 걸, 셋째, 좀 더 재미있게 살 걸이라고 한다. 어느 통계에서 사람들의 고민은 내일에 대한 걱정이 70%, 과거에 대한 후회가 30%라고 한다. 유한한 인생에서 오지도 않은, 올 것 같지도 않은 헛 걱정에 자신의 에너지의 2/3를 소진하는 것이다. 그것에 덧붙여 어찌할 수 없는 지나간 세월에 대한 후회로 나머지 1/3을 낭비한다고 한다. 과거와 미래에 자신의 에너지를 방전할 것이 아니라 선물인 현재에 집중하고 사용한다면 그 인생은 항상 즐거울 것이다.

오늘 결심한다. 선물인 오늘을 즐기며 집중하자고. 세상 근심 하나에 억장이 무너지더라도 다시 일어서서 힘차게 전진한다. 나는 선물을 진짜 좋아한다. 아니 공짜를 너무 좋아한다.

2부

겉치레와 허식

겉치레와 허식이란 겉으로만 보기 좋게 꾸미고 번지르르한 차림을 말한다. 우리 같은 일반인의 인생에 무슨 겉치레가 있고 허식이 있느냐고 항변하겠지만, 개인 개인의 삶이 어디 그리 단순한 일인가? 어느 누구 할 것 없이 실질적인 것보다는 눈에 띄는 외양에 더 집착하는 것을 많이 보게 본다. 겉치레와 허식이 없는 태도를 갖기란 참 어렵다. 정도의 차이는 있겠지만 내면의 정신세계와 밖으로 표현되는 외양의 차이는 엄연히 존재한다. 겉치레와 체면은 불가분의 관계이다. 과거에는 곧 죽어도 모양을 갖춘 양반 체면을 지키는 것이 기본이었다. 지금도 실질보다는 명분을 중히 여기고 체면을 중히 여기는 분위기가 여전히 남아 있다.

나는 명분보다는 실질을 숭상한다. 지위가 올라 개인적인 공간이 확보된 사무실이 생기고, 회사에서 업무용 승용차를 줘서 폼 잡고 살고 있지만, 겉치레와 허식보다는 실질적이고 솔직한 것을 더 선호

한다.

격식과 예의. 신분을 드러내는 의식이 격식이다. 예의는 예로서 하는 말씨나 몸가짐이다. 격식은 겉을 강조한 측면이 있는 말이고, 예의는 속을 나타낸 말이다. 격식은 체면이나 형식을 중요시하는 것이고, 예의는 마음으로 우러나오는 예절을 말한다. 나는 격식보다 예의를 더 소중히 생각한다. 그렇다고 격식이 필요 없다는 것은 아니다. 마음 내면의 중심이 더 중요하다는 것이다.

미국의 존경 받는 대통령 링컨은 40대 이후의 얼굴은 자신이 책임져야 한다고 말했다. 전적으로 동의한다. 그 사람의 삶은 외모에서도 많이 드러난다. 관상학을 전문적으로 연구하지 않더라도 처음 만난 사람에게도 그 사람의 인격을 살펴볼 수 있다. 물론 첫인상과 조금 더 안 후의 느낌은 다를 수 있지만, 대충 비슷한 것 같다. 까탈스러운 성격, 서글서글한 성격, 외향적인 성격, 내성적인 성격 등등. 첫인상에서부터 짐작을 하게 된다. '겉과 속이 다른 사람'이란 어떤 사람을 좋지 않게 평가할 때 표현하는 말이다. 겉으로만 번지레하게 치장하고 속은 텅 비어 있는 경우이다. 겉과 속은 다를 수 없다. 속마음을 숨기고 다른 사람을 속인다 하더라도 적어도 자기 자신을 속일 수는 없다. 더 나아가 자기 자신을 속인다 하더라도 세상 이치를 속일 수는 없다.

사필귀정으로 모든 일은 반드시 정상으로 회귀한다. 그래서 겉치레나 허식보다는 내면과 실질을 숭상하고, 정正으로 나아가야 한다. 각 개인별로 주어진 유전자에 의해 나타나는 본 성격은 다양하게 나타난다. 하지만 평온하게 흐르는 강물처럼, 잔잔한 호수같이 세파에 흔들리지 않는 굳건한 마음을 갖는 것이 중요하다.

주어진 소명에 최선을 다하되 공치사에 연연하지 않는다면 얼마나 좋을까?

사람은 기본적으로 칭찬받기 원하고 인정받길 원한다. 그런 모습은 자신의 내면 정신세계에 자신이 없는 것인지도 모른다. 다른 사람이 인정해 주면 마음이 놓이고, 비판하면 죽을 것 같다. 실제 인터넷에서 네티즌에 의해 비판을 받거나 비난을 받은 연예인들의 자살은 자신의 삶에 대한 경애와 나름의 튼튼한 정신세계가 구축되어 있지 않은 결과일 것이다.

마음이 여린 사람들이 참 많다. 나도 그 축에 속한다고 생각한다. 나이도 중년에 접어들고 직장에서 어느 정도의 직책을 가졌지만, 새로운 환경 변화가 생기면 어김없이 변화앓이를 한다. 주변 동료가 바뀔 경우, 특히 상사가 바뀌면 쉽지 않다. 그 스타일에 맞춰서 방향성을 맞춰야 하기 때문이다. 현실적이지 않은 목표와 주위를 돌아보지 않는 무데뽀 정신의 소유자는 주위 사람을 힘들게 한다. 대개 돌격형인 경우 겉치레와 허식을 좋아하는 까닭이다. 이럴 때도 우아하게 내면의 세계를 지키면서 동행할 수 있을까?

세상 일에 100% 맞는 것은 없다. 조금씩 양보하면서 적절히 중용의 미도 가미하면서 살아야 한다. 상사에 대한 예절은 깍듯이 갖추고 주어진 소명을 착실하게 해낸다면 그 또한 군자라 할 것이다.

나는 오늘 잔잔한 호수같이 내 마음을 차분히 하면서 다른 사람들에게 예의를 갖추고 하루에 충실할 것이다.

◇

우정友情

우정友情이란 사전적인 의미로 비슷한 나이에 서로 친하게 지내는 사람 사이의 정이라 할 수 있다. 우정은 중고등학생 시절에만 있는 것은 아니다. 성인이 되어서도 우정을 나눌 수 있다. 꼭 동년배가 아니어도 나이 차가 나더라도 서로 우정이 싹틀 수 있다. 소년과 할아버지, 직장 상사와 팀원, 직장 동료 간 등 우정을 나누기에는 어울릴 것 같지 않은 관계에서도 서로 아껴주고 위해 주는 마음이 생길 수 있다. 현대 사회는 참 치열하다. 물론 과거 어느 시대에도 편했던 시절은 없는 것 같다. 어릴 적에는 기본적인 의식주 문제가 해결되지 않아 힘들어 했던 것이 기억난다. 하지만 과거의 어려웠던 시절도 좋은 추억으로 남는 경향이 있다.

지금은 어떤가? 물질적인 풍요는 넘쳐 나지만 불안감은 더하다. 아마도 욕심 때문일 것이다. 더 가져야 한다는 생각, 과거 힘들었던 때로 다시 가고 싶지 않다는 생각, 남을 이겨야만 살아남을 수 있다는 생각 등등. 모든 것이 과욕이 문제이다.

곰곰이 생각해 보면 집에 없는 게 없다. TV, 냉장고, 컴퓨터, 침대, 믹서기, 각자의 방 등. 참, 자동차는 두 대나 된다. 원래 갖고 있던 RV승용차, 회사에서 준 영업용차. 정말 없는 게 없다. 그래도 더 가지려고 아등바등하는 내 모습이 실제이다.

정도의 차이는 있겠지만 나 외의 모든 사람을 경쟁 관계로 인식하는 경향이 있다. 나 외의 타인이 잘 되었을 때 진심으로 축하해 줄 수 있는가? 예를 들어 승진을 했거나 상을 탔을 때 겉으로는 축하해 주는 척하지만, 마음 속으로는 배 아파하거나 시큰둥한 반응을 보인다.

어떤 관계이든 슬픈 일이 있을 때 위로해 주는 것은 어렵지 않다. 질투심을 느낄 게 없기 때문일 것이다. 치사하긴 하지만 '남의 불행이 곧 나의 행복', '나만 아니면 돼'라는 마음이 근저에 깔려 있기 때문이라면 너무 적나라한 걸까?

근본적인 물음을 해볼까 한다. 인간은 과연 선할까, 악할까? 선과 악의 정의가 필요하다. 선과 악을 천사와 악마로 대입하는 것은 너무 극단적이다. 타인을 위해서 나의 손익과 상관없이 계산하지 않고 마음으로나 물적으로나 위해 줄 수 있는 것이 선이라고 생각한다.

사람은 태어나서부터 울면서 인생을 시작한다. 갓 태어난 아기들이 방긋방긋 웃으면서, 아니면 파안대소를 하면서 태어나면 안 되는 것인가? 불행히도 아기들은 죽을 듯이 울면서 태어난다. 물론 엄마의 몸에서 나올 때 안간힘을 쓰면서 힘들게 세상에 나왔기 때문일 것이다. 그렇지만 동물들은 태어나서 인간들처럼 자지러지게 우는 경우가 거의 없다. 그래서 나는 인간은 선한 쪽보다는 악한 쪽에 더 경도되어 있다고 생각한다. 그렇다고 아주 비관적인 것은 아니다. 사람들은 나름의 질서를 유지하기 위하여 정상으로 돌아가려는 회귀 본능이 있다. 그래서 사람들 간의 우정이 가능하다고 본다.

진정한 우정을 나눌 수 있는 친구가 세 명만 있다면 성공한 인생이라고 한다. 우정을 돈으로 계산하기란 어렵다. 1억짜리 우정, 10억짜리 우정, 아니 백만 원짜리 우정⋯. 우정은 돈으로 살 수 없다. 그렇다고 친구가 돈을 빌려 달라고 하면 덥석 빌려주기도 어렵다. 만일 돈을 빌려 주어야 한다면 그냥 안 받아도 될 정도의 돈을 그냥 주려고 한다. 그래야 돈을 돌려 받지 못해도 우정은 깨지지 않기 때문이다. 이것이 친구와의 돈 거래에 대한 나만의 원칙이다. 생명과 바꿀 만한 최고의 우정은 아니더라도 서로의 마음을 알아주고, 어려울 때 위로가 되고, 즐거울 때 함께 기뻐할 수 있는, 조금은 낮은 단계의 우정이라도 갖기를 원한다.

하지만 이것마저도 쉽지 않다. 사람들은 자신의 영역을 침범당하는 것을 싫어한다. 사람들은 자신의 공간을 만들려고 노력한다. 직장에서 직책에 따라 공간의 크기와 수준은 달라지고, 높은 자리로 올라갈수록 그것은 좋아진다. 이렇게 물리적 공간을 확보하려 노력한다. 사람들이 성공하기 위해 기를 쓰는 것은 어떻게 보면 자신만의 공간 확보를 하기 위한 것인지도 모른다. 물리적 공간뿐만 아니라 마음의 공간에 대한 타인의 침범은 더욱더 용인하기 힘들다. 따라서 현대 사회에서 우정을 나누기란 쉽지 않다. 남을 배려하고, 조금만, 정말 조금만 도와줄 수 있다면 주위 사람들이 고마워하며 우정을 나눌 수 있을 것이다. 정말 조금만 마음을 열고 상대방을 도와주자. 나에게 주문을 해본다.

◇

월요일

직장인이라면 월요일은 설렘보다는 불안감으로 먼저 다가온다. 모두들 힘들어하는 요일이 월요일일 것이다. 주말을 보내고 일요일 저녁이면 벌써 두통이 몰려 오고 괜한 걱정거리가 생기는 소위 월요병이 시작된다. 요즘은 주 5일제 근무가 대세이다. 물론 자영업을 하는 사람들과 토요일에도 출근하는 사람들이 있긴 하지만, 대체적으로 주 5일 근무 후 주말인 토요일, 일요일은 공식적으로 휴무일이다. 금융 보험, 공공 부문, 1,000인 이상 사업장에서 2004년 7월 1일부터 공식적으로 주 5일 근무제가 시작되었다. 그 이후 단계적으로 시행되어 지금은 대부분의 사업장에서 주 5일이 기본적인 근무 일수이다. 시행 초기에는 주말을 활용하지 못해 전전긍긍하기도 했으나 지금은 삶의 질 향상에 크게 기여하고 있다. 물론 경제적으로 부담스러울 수 있으나 일과 삶의 균형 측면에서 꼭 필요한 제도가 되었다. 오히려 토요일 근무로 돌아간다고 생각하면 아찔하기조차

하다.

월요일은 왜 설레기보다 우울하게 생각할까? 새 출발은 미지의 세계로 나아가는 설렘이 동반한다. 입학식, 입사, 입대 등등. 그러나 한편으로 불안감이 있는 것이 사실이다. 대개 혼란스러운 상황에 직면하게 되면 불안감으로 평정심을 유지하기가 어렵다. 그래서 새 출발은 설렘과 불안감이 동시에 다가온다.

설렘으로 시작할 수만 있다면 항상 즐거운 생활을 하게 될 것이다. 세상에서 우아하게, 멋있게, 고상하게, 영화의 주인공처럼 살 수는 없다. 때로는 머슴처럼 우직하게, 개그맨처럼 재미있게 살려면 주연을 아름답게 꾸며주는 조연일 필요가 있다. 주인공은 항상 멋있어야 하기 때문에 화장실에도 가면 안 된다. 그렇지만 조연은 이리저리 잴 필요가 없고 항상 멋있지 않아도 된다. 남들이 알아주지 않아도 상관없다. 그냥 자기 할 일만 묵묵히 열심히 하면 된다.

타인과의 관계에서 인정받고 존중 받기 위해서 노심초사하는 내 마음이 항상 문제이다. 나이가 어릴수록 즐거울 때 즐거울 수 있다. 초등학생은 있는 그대로 받아들인다. 소풍 가는 날이 좋고, 군것질할 때가 좋다. 나이가 들면서 체면을 중시하다 보면 즐거울 때 즐거워하지 못하는 태도가 문제인 것이다.

직장에 출근하면 상사의 눈초리가 매섭고 신경 쓰인다. 물론 내가 일 처리를 잘못해서 전전긍긍하는 면도 있지만 그냥 상사의 존재감만으로 힘들다. 직장 상사는 전혀 신경 쓰지 않는데도 말이다. 내가 나를 힘들게 하는 것이다. 필요 이상으로 마음을 옥죄게 하는 것이다.

일보다 사람이 힘들다고들 한다. 사람보다 일에 중점을 준다면 의외로 불안감보다는 설렘으로 바꿀 수 있다. 세상을 이롭게 하는 힘이 내게 있다. 조금이라도 세상을 발전시키고 있다는 자부심을 갖는다면 불안감보다는 설렘으로 하루하루를 살 수 있다.

고정 관념을 바꾸자, 왜 항상 불안감으로 살아가야 하는가? 월요일은 소풍 가는 날로 정해 보자, 특별히 월요일은 다른 날보다 조금 더 일찍 출근해서 나만의 커피 타임을 갖고, 마음 편한 사람과 맛있는 점심 약속을 하고, 저녁은 가벼운 약속만을 하면서 이왕이면 즐겁고 재미있는 소풍의 기분을 느끼는 월요일로 만들어보자. 또한 월요일은 선물하는 날로 정하자. 물론 선물을 받으면 좋겠지만 평일인 월요일에 뜬금없이 선물 받는 경우는 거의 없다. 따라서 내가 받기보다는 주는 기분을 느끼고 즐거워하자는 것이다. 그 대상이 가깝게는 배우자, 자녀 등 가족일 수 있고, 더 나아가 직장 동료, 친구들이 될 것이다. 이런 조그만 이벤트를 통해 즐거움을 자주 느끼자는 것이다. 조금씩 실천하다 보면 습관이 될 것이다. 그렇게 해서 월요일은 악몽의 월요일이 아니라 즐겁고, 반갑고, 설레는 월요일로 만들어보자.

"불안한 월요일은 틀렸다. 설레는 월요일이 정답이다."

◇

설렘

하루를 설렘으로 시작하고 싶다
좋아하는 사람을 기다리는 설렘
좋은 결과를 기대하는 설렘
살짝 흥분되고 기분이 고조되는 즐거운 마음
매일매일을 설렘으로 시작하는 사람은
행복한 사람이다

역경과 인내가 마음의 안정과 편안함을 주기도 하지만
나는 설렘으로 살고 싶다
소년의 풋풋함
소녀들의 재잘거림
설렘으로 하루를 시작하고 싶다
힘들고 지치면 자꾸만 쉬고 싶다
설렘은 피곤하지 않다

소년 때의 사춘기처럼 중년은 새로 시작하는 사춘기이다
미완성의 두려움보다
나를 편안하게 하는 설렘으로 다가가고 싶다
삶을 설렘으로 살고 싶다

다른 사람들의 시선과 평가에 얽매이지 않고
나만의 설렘으로 살고 싶다

아무도 모르는 나만의 보석!
설렘은 마음 속 깊이 간직하고 있는 보석이다
다이아몬드보다 더 반짝반짝 빛나는 보석
설렘
둥둥 떠다니는 구름처럼 흘러가고 싶다
설렘은 두려움이 아니라 웃음이다
미소 지으며 웃으며 즐기며 살아가자
모든 게 다 잘될 것이다

존중받는다는 것은

사람들은 존중받기 원한다. 내면의 화가 극도로 치밀어 오르고 타인에 대해 공격적이 될 때는 자신이 무시당할 때가 아닌가 싶다. 자신의 힘이 부족하다고 생각하면 마음에는 소용돌이가 몰아치지만 겉으로는 참는다. 나는 다른 사람들이, 특히 나보다 직책이 높은 사람들이 내 이름을 잘 모를 때 답답하기도 하고 난감하다. 존중받는다는 것과 인정받는다는 것은 내 이름 석자가 세상에 널리 알려진다는 것과 다르지 않다. 사람들이 높은 자리에 올라가려고 노력하는 것은 자신의 이름을 타인이 알아주고 불러주는 것이라 해도 과언이 아닐 것이다.

존중받으려면 어떻게 해야 할까? 내 입장에서 보면 다른 사람들의 이름을 부르고, 미소로 먼저 다가가고, 배려해 주는 것을 실천하고자 노력하는 것이다. 그런데 타인은 전혀 그렇지 않다는 데 문제가 있다. 나를 인정해 주지 않고 이름을 불러주지도 않는다. 그렇다면 내 존재감을 알리기 위해 적극적으로 PR을 하고 주제를 선점해서 말을 주도하고 들이대는 것이 좋은 방법일까? 내성적인 성격인 경우 알아주지 않더라도 속으로 끙끙 앓기만 하고 표현은 잘 하지 않는다. 또한 자격지심, 열등감이 내면에 자리잡고 있는 경우에는 더욱더 마음속 깊이 숨어버리는 선택을 하게 된다. 열등감은 외모, 학벌, 가족관계, 성격, 자신감 등등 이루 헤아릴 수 없을 정도로 많다.

책에서, 선생님께서, 성공하신 분들이 자신감을 가지라고 강조한다. 그냥 쉽게 자신감이 생긴다면 얼마나 좋겠는가? 자신감을 갖는다는 것이 쉬운 문제는 아닌 것이다. 그렇다고 자아 존중감, 자신감을 다른 사람들이 줄 수 있는 문제도 아니다. 오로지 자기 자신만이 줄 수 있다.

자신감을 갖는 방법은 무엇일까? 그냥 마음만 먹으면 될까? 가장 중요한 것은 자신을 신뢰하는 것이다. '잘될까?', '안 될 거야!'라는 나약한 마음은 자신한테 아무런 도움이 되지 않는다. 미리 최악의 상황을 가정해 놓고 실제는 그보다 좋을 경우 안도감과 위안을 받기 위해 사전에 마음의 방어벽을 치는 경우가 있다. 하지만 이렇게 소극적으로 대응해서는 결코 좋은 결과로 이어지기는 어렵다.

마음의 크기에 따라 결과는 달라진다. 물론 결과의 크기가 행복을 좌우하고, 자신감이 고취되는 것만은 아닐 것이다. 당당하고 소신 있게 자신이 선택한 길을 가는 사람은 보기에 좋고, 참 부럽다.

결과는 중요하지 않을 수 있다.

인생에서 종착역에 빨리 도착하는 것이 목적이 될 수 없다. 중간 중간 간이역에서 내리기도 하고, 다음 기차를 기다리기도 한다. 어느 곳에 머물든지 간에 나름의 의미를 갖고 최선을 다하는 삶이 중요하다. 그 삶은 어느 누구도 폄하할 수 없고 매도할 수 없다. 숭고한 가치를 갖는 삶을 살든 소박한 삶을 살든 각각의 인생은 개별로 소중하다. 그래서 자부심을 가져도 무방하다는 것이다. 누가 누구를 매도할 수 있을까? 창조주가 아니면 사람은 사람을 평가할 수 없다. 물론 현실 세계에서는 판사가 있어 잘잘못을 판정하고 심판하는 것이 당연하지만, 개인의 삶은 개인의 것이다. 그렇다고 자기 자신만을 위해 남에게 불편을 주고 피해를 줘도 아무 책임이 없다는 것은 아니다.

공공의 룰을 지키고, 타인을 이롭게 하는 것은 당연한 것이다. 내가 말하고 싶은 것은 자신에 대한 자부심을 고취하는 삶을 살자는 것이다. 위축되지 말고, 남의 평가에 연연하지 않고, 자신을 존중하고, 자부심을 갖는다는 것이 가장 중요하다. 나 자신이 나에게 준 자부심이라는 상에서 출발하면 다른 사람들의 나에 대한 존중이 부수적으로 따라온다고 확신한다. 그것은 외모, 학벌, 재산, 말솜씨, 인맥 등과는 상관없다. 존중받는다는 것은 나 자신이 나에게 주는 상이다.

걸음걸이

사람은 누구나 걷는다. 아기가 태어나서 뒤집기를 필두로 일어서고 걷는다. 그리고 한평생을 걸으면서 산다. 자세히 살펴보면 걸음걸이도 천태만상이다. 팔자걸음, 종종걸음, 뒤뚱걸음, 모델걸음, 아장아장 걸음 등.

사람을 판단할 때 외모가 참 중요하다. 요즘처럼 외모에 치중하고 외모에 신경 쓰는 시기가 없었던 것 같다. 예쁘게 보이기 위해 성형 수술도 마다하지 않고, 성형 수술한 것을 부끄럽게 여기지도 않는다.

외모에 있어서 얼굴을 중요하게 여기지만, 실상은 걸음걸이가 그 사람을 판단하는 데 크게 좌우될 수 있는 요소라고 할 수 있다. 평소에 발레리나처럼 사뿐사뿐 걸을 수는 없겠지만 일자로 똑바로 걷는 습관을 들여야 한다. 여성의 경우 높은 굽의 구두(하이힐 등)를 신는 경우가 많기 때문에 뒤에서 보면 종아리와 무릎 뒤쪽이 쭉 펴지지 않고 굽어진 상태로 걷는 경우가 있다. 이런 경우 폼이 안 날뿐더러 그 사람의 인격에도 영향을 미친다. 바른 교육을 받고 정상적인 인생관을 가진 사람으로 인정받기 위해서는 걸음걸이가 상당히 중요한 문제이다.

나는 팔자걸음으로 걷는 습관이 있어 이를 고치기 위해 무척이나 노력하지만 시시때때로 아내에게 지적을 당한다. 멀리서도 남편인 줄 안다고 한다. 나를 멀리서도 알아주는 것은 고맙지만, 그 모양이 팔자걸음에 뒤뚱뒤뚱 걷는 모습으로 알아챘다는 것은 그리 유쾌한 것은 아니다.

지금은 십일 자로 똑바로 걷는 연습을 한다. 어깨를 펴고 목을 끌어당기고 똑바로 걷는 연습을 한다. 그러나 조금만 방심하면 팔자걸음이 된다. 걷다가 아는 사람을 만나면 고개를 숙이면서 계면쩍은 표정을 짓고, 어색한 몸놀림을 할 때가 많다. 부끄러워하는 것이다. 이것은 별로 바람직하지 않다. 일부러 거만하게 상대방을 대할 필요는 없지만 부끄러워할 필요도 없다. 그저 편안하게 예의를 갖춰 대하면 되는 것이다. 아무리 상대방이 지위가 높다 하더라도 어려워하는 것보다 정중히 예의를 갖추는 모습이 더 자연스럽고 보기 좋다.

얼굴과 키는 성인이 된 이상 어쩔 수 없는 부분이다. 하지만 몸매와 걸음걸이는 개인의 노력 여하에 따라 바로잡을 수 있다. 나는 어릴 때 열등감에 사로잡혀 항상 구부정하게 어깨를 늘어뜨리고 땅만 보면서 걷곤 했다. 그래서 성인이 된 지금 어깨가 좀 굽어 있다.

몸매도 좋지 못하다. 회사 부서장 중에서 몸매가 제일 안 좋은 인물로 2등에 뽑힌 적도 있었다. 각성하고 살을 빼기 위해 항상 노력하지만 실패로 돌아가곤 한다. 그래도 줄기차게 노력한 결과 조금씩 조금씩 좋아지고 있다.

걸음걸이에 몸매는 중요한 요소가 되는 것 같다. 키가 크면 좀 더 늘씬하게 보이기도 하겠지만, 키가 작더라도 남자는 당당하게, 여자는 품위 있게 걷는 사람을 보는 것만으로도 기분이 좋아진다. 부끄러워하는 것은 바람직하지 않다. 똑바로 걷는 연습을 해야 한다. 어깨를 펴고 당당하게 걷자.

◇

질투심

마음을 어렵게 하는 것 중에 하나가 질투라는 감정이다. 남이 잘되면 배 아프고 시기심이 난다. 또한 잘나거나 앞선 사람을 시기하고 미워하는 것이 질투의 사전적 의미이다. 질투심이 긍정적으로 작용하면 좀 더 노력하게 되고 질투의 대상을 이기기 위한 에너지로 작용하여 발전적인 모습으로 성장하는 데 도움이 될 수 있다. 하지만 부정적으로 작용하면 패배감이 들거나 상대방을 모해하고, 잘될 수 없도록 방해하게 된다.

대개 질투는 좋아하는 이성의 연인에게 느끼는 시기심을 말한다. 하지만 동성 간에도 비슷한 직급 사람에게 느끼는 질투심이 더 실제적이라 할 수 있다. 내가 가지지 못한 것을 가진 것에 대한 부러움이 지나치면 질투심이 되는 것이다. 질투란 비슷한 상황에 있는 사람에게 느끼는 것이지 자기보다 못한 사람에게는 느낄 수 없는 감정이다. 학창 시절에 같은 반 친구 중에 잘생기고 공부도 잘하는 친구가 있었는데, 열등감, 질투심, 부러움 등이 복합적으로 작용하여 한참 동안 자괴감에 빠져 있던 적이 있었다. 그 터널을 빠져 나오기 위해 고민도 많이 하고 조금씩 조금씩 노력도 했던 것 같다.

인생에서의 자성(본래의 성질)은 쉽게 찾기 어렵다. 좀 더 고민하고 좀 더 노력하는 과정에서 깨달음을 얻게 되는 것이다. 지금도 때때로 내가 가지지 못한 것을 가진 사람을 보면 질투심이 생겨난다. 좋게 해석하면 그 상대방이 가진 것을 갖기 위해 노력한다는 점에서는 긍정적인 면도 있다. 하지만 마음에 평정심을 갖기는 쉽지 않다. 평정심과 안정적인 마음 없이 단순히 이기기 위해 내 마음을 집중한다는 것은 옳은 것이 아니다. 내 마음을 한 차원 높은 곳으로 끌어올려 상대방과 비교하지 않고 자존감을 살려 내 자신의 삶을 사는 것이 중요하다.

모든 마음의 어려움은 욕심과 비교에서 나온다. 남이 잘되는 것을 막기 위해 나의 이익조차도 포기할 수 있는 것이 사람의 마음이다. 합리적인 판단과 이성이 아닌 주관적인 판단과 감성이 작용하는 것이다. 나만의 길을 간다는 주관적인 철학을 확고히 가져야 남과의 비교를 하지 않을 수 있다.

인생은 인내와 끈기의 연속이다. 인생길에서 무수히 많은 사람을 만나고 헤어진다. 그 많은 인생을 내 인생 속에 투영해서 나보다 잘났는지 나보다 더 가졌는지 따져본들 그게 무슨 의미가 있겠는가? 그 인생 또한 질곡과 어두움에서 빠져 나오기 위해 아등바등하는 것은 마찬가지일 테니 말이다.

　나 자신에 대한 자신감과 자존감은 무엇보다 중요하다. 이기고자 하는 마음은 필요하다. 이 승부욕이 자신을 성장시키는 데 중요한 동력이 된다. 하지만 질투심을 성장 동력으로 삼는 것은 바람직하지 않다. 자기 생각을 충실하게 하는 것이 중요하다. 어차피 인간은 완전하지 않다.

　자신의 판단을 믿을 수 없을 때도 많다. 자신을 성찰할 수 있는 시간을 따로 만들어 내면의 세계를 들여다 보고, 고요한 마음의 평정심을 갖고 사물을 판단할 수 있도록 해야 한다. 한없이 겸손하여 낮은 자세로 살며 눈앞의 이익 추구보다는 자존심의 가치를 중요시하며 살아가는 것이 필요하다. 《잡보장경》 중에는 '태산 같은 자부심을 갖고 누운 풀처럼 자신을 낮추라'라는 대목이 있다. 남과의 비교에 온 정신을 빼앗기기보다는 극한 상황에서도 우아함을 잃지 않는 지혜를 갖추도록 정진해야만 한다.

◇

도광양회 韜光養晦

도광양회韜光養晦란 빛을 감추고 밖에 비치지 않도록 한 뒤, 어둠 속에서 은밀히 힘을 기르고, 자신의 재능이나 명성을 드러내지 않고 참고 기다린다는 뜻이다. 약자가 모욕을 참고 견디면서 힘을 갈고 닦을 때 많이 인용된다. 유비가 조조의 식객 노릇을 할 때 살아남기 위해 일부러 몸을 낮추고 어리석은 사람으로 보이도록 하여 경계심을 풀도록 했던 계책이며, 제갈공명이 천하 삼분지계三分之計를 써서 유비로 하여금 촉을 취한 다음 힘을 기르도록 하여 위, 오와 균형을 꾀하게 한 전략을 말한다. 근대에 와서는 중국 덩샤오핑이 개혁, 개방 정책을 취하면서 국제적으로 영향력을 행사할 수 있는 경제력이나 국력이 생길 때까지는 강대국들의 눈치를 살피고 협력했던 정책을 말하기도 한다.

장래에 경쟁자가 된다고 생각되면 미리 그 싹을 자르려 하고, 성장 기회를 주지 않으려 한다. 역사적으로 현재의 강자는 미래의 강자를 용납하지 않았다. 대개 사람들은 세상에서 똑똑하게 보이기 위해 노력한다. 하지만 똑똑한데 바보처럼 보이기는 더욱 어렵다. 사람이 성장하면서 잘되는 시기에는 어김없이 견제하는 사람이 생긴다. 모든 사람에게 사랑받고 항상 이기는 게임을 하는 것은 드라마에서나 있을 법한 이야기이고, 현실 세계에서는 비정한 관계가 더 많다. 남자들의 자존심 싸움이든 명성을 얻고자 하는 사람들과의 경쟁이든 존재하기를 갈망하는 사람들의 몸부림이든 간에 서로서로 물고 물리는 관계를 맺게 된다.

우아하게 자신의 이익보다는 타인의 이익을 고려하여 살고 싶어도 본심을 왜곡하여 받아들이면 낱낱이 해명하기도 쉽지 않다. 소위 잘나가는 사람들에 대해서 존경심을 갖게 되기도 하지만 그 반대로 꺼꾸러뜨리고 싶은 마음이 드는 것도 인간의 본성이다. 조직에 속해 있든 사업을 하든 어느 상황에서도 자랑하고픈 마음과 자신만이 똑똑하다는 생각을 버리고 자신을 낮추어야 한다. 언젠가 득세한다 해도 도광양회의 정신은 계속 가지고 있어야 한다. 왜냐하면 인생은 완성될 수 없고 항상 정진해야만 하기 때문이다. 당장의 얄팍한 처세술로 인기를 얻거나 득세할 수는 있겠지만 그리 오래 가지는 못한다.

나보다 못한 사람이 주위에 있을 때는 그 사람이 관심을 끌거나 지적을 당하기 때문에 나는 안심이 된다. 나보다 공부를 못하는 친구가 있으면 안심이 되는 그런 경우이다. 나는 항상 선두권에 서기 위해 노력해 왔다. 그러다 보니 하위권에 머물거나 주위에 지적을 당하면 긴장감이 배가되어 엄청난 스트레스에 당황하게 된다. 그래서 항상 똑똑한 척하고 잘하려고 애써 왔다. 그러면 내 페이스를 유지하지 못하고 항상 오버페이스로 헐떡거리게 된다. 내가 가진 재능이 남보다 우월한 것도 아니면서 똑똑한 척하니 힘에 겨운 것이다. 내적으로 실력을 기르고 힘을 기르기 위한 노력을 아끼지 않아야 밖으로 드러난 실력과 재능에 연연해하지 않을 수 있다. 인생은 미완성이다. 끝날 때까지 어떻게 될지 아무도 모른다. 겸허한 자세로 역경을 만나면 스스로 포기하지 말고 이기면 좋겠지만 적어도 버티기라도 해서 맷집을 키워야 한다.

나는 하나의 문제가 생기면 그 문제에서 헤어나지 못하는 습성이 있다. 그 문제가 해결되기 전에는 다른 생각을 할 수가 없고 다른 일을 하기도 쉽지 않다. 그러면서도 모욕이나 무시당하기는 싫다. 하지만 일상에서는 문제가 하나하나 순차적으로 다가오는 것은 아니다. 여러 문제들이 복합적으로 일어나는 속에서 해결해야만 하는 것이 현실이다. 또한 직책이 높아질수록 눈앞에 다가선 해결 과제가 한둘이 아니다. 옛날 유비가 그랬던 것처럼 일부러 바보짓을 할 필요야 없겠지만, 힘을 기르기 전까지는 재능을 드러낼 필요는 없다. 조금은 홀대당하기도 하겠지만 그까짓 것 하면서 담담함과 담대함을 갖고 이겨 나가야겠다.

◇

걱정

걱정은 사전적 의미로 근심으로 속을 태우는 일을 말한다. 대개 사람들은 걱정이 참 많다. 발생하지도 않을 일을 두고 근심이 쌓인다. 심하면 노이로제에 걸리고 강박 관념에 휩싸이게 된다. 겉으로 보기에는 강인해 보이고 두려워하지 않을 것 같은 사람들도 속으로는 그렇지 않다. 겉으로 드러내지 않을 뿐이다. 걱정거리 중 가장 많고 심한 것은 사람 때문이다. 직장 상사, 동료, 가족, 친지, 친구 등 일상생활과 밀접한 관련이 있는 사람 때문에 힘든 것이다. 또한 기본적으로 경제적인 문제가 해결되지 않으면 걱정이 많아진다. 남들에게 자존심이 상하고 어떤 사안에 대해서 주장하기도 힘들어진다. 괜히 주눅이 들고 자기 확신을 갖기가 힘들어진다. 우선 경제적인 문제는 차근차근, 조금씩이라도 미리 준비하는 습관이 필요하다. 돈은 성실하게 다루면 더디더라도 조금씩 해결되고 모아진다고 생각한다. 곳간에서 인심 난다고 한다. 경제적인 문제가 해결돼야 기본적인 체면을 지킬 수 있다. 또한 경제적인 부분을 해결하면 걱정거리가 많이 해소될 수 있다.

경제적인 문제 다음으로 가족 문제가 있다. 어느 가정이든 꼭 문제아 가족이 있다. 부모, 자녀, 형제 중에서 순탄치 않은 삶을 사는 가족이 꼭 한둘은 있다. 문제아 가족이 없는 집안은 평온한 가정 분위기를 가질 수 있다. 하지만 문제아 가족이 있으면 그 여파로 모든 가족이 불안에 떨 수밖에 없다. 언제 어디서 사고를 칠지 모르기 때문이다. 이 또한 걱정거리가 아닐 수 없다. 가족이라 포기할 수도 없고, 안고 가자니 힘겹다. 그래도 가족 관계는 극단적으로 끝나지는 않는다. 대개 해피 엔딩은 아니더라도 비극적으로 매듭지어지지는 않는다.

가장 어려운 걱정거리는 직장 상사와의 관계이다. 서로 스타일이 비슷해서 잘 맞으면 좋은 시간을 보낼 수 있지만 뭔가 잘 맞지 않으면 하루가 고통의 연속이다. 애매한 상황에 노출되고 때로는 무시당하게 된다. 사람들이 가장 힘들 때가 무시당할 때이다. 대개 인정받지 못하는 것에 대해 괴로워하고 근심 걱정이 된다. 그러나 대개 사람들은 자기 앞가림하느라 다른 사람들을 평가하거나 들여다 볼 여유가 없다. 나만 힘들어하고 걱정이 많은 것이다. 직장 동료가 무슨 옷을 입었는지, 헤어스타일이 어떤지 다른 사람들은 전혀 관심이 없고 기억도 하지 못한다. 모두들 자기 살기 바쁘기 때문이다.

생각이 많으면 걱정 또한 많아진다. 생각을 많이 하는 것이 좋은 것은 아니다. 물론 자신의 성찰과 진보를 위해 명상을 하고 생각을 하면 좋으련만 대개 부정적인 방향 내지는 고민과 걱정으로 치달을 가능성이 많다. 나의 가장 큰 걱정거리는 직장 동료에게 인정받지 못하면 어떻게 하나 하는 것이다. 물론 이것이 나의 성장의 에너지가 되고 인정받기 위해 노력하는 모티브가 되기도 한다. 하지만 순간순간 나에게는 어려움이 되고, 미래에 대한 낙담으로 연결되기도 한다. 이 시점에서 극복할 방법이 무엇일까? 욕심을 버린다. 오케이! 미움을 버린다. 오케이! 이러면 해결될까? 그래도 쉽지 않다. 상대방을 존재하는 그대로 인정하고 잘났든 못났든 그 사람 자체로 평가하는 것이 맞을 것이다.

자신의 능력을 벗어난 직책을 얻는다는 것은 불행의 지름길일 수밖에 없다. 자신의 한계를 벗어난 임무와 직책은 감당하기 어렵다. 해일같이 엄청난 걱정이 내 앞에 놓인 것이나 마찬가지이다. 그래서 승진은 기쁜 일이라기보다 또 다른 시련의 일종인 것이다. 남들이 뭐라고 하든지 간에 내 갈 길을 간다고 생각하고 자기 확신과 호시우보(호랑이의 눈과 소의 걸음)로 나아간다면 많은 부분이 해결될 것이다.

미래는 불투명하다. 알 수 없다. 모르는 것이 리스크이다. 아무리 힘들더라도 알게 된 것은 리스크가 아니다. 불확실할 때 가장 큰 근심이 되는 것이다. 상대방의 마음을 알 수 없다는 것이 어려움이 되는 것이다. 자기 확신이 있다면 비참하지 않다. 느긋함과 넉넉함,

내가 좋아하는 상태이다. 젊은 시절에 느긋함과 넉넉함을 갖기는 참 어렵다. 나는 남들에게 지배 받지 않고 홀로서기를 하고 싶다. 남들의 평가에 신경 쓰지 않고 내 나름의 세계에서 살고 싶다. 남들이 뭐라고 하든지 간에….

◇

다이어트

현대의 사람들은 다이어트가 일상생활이 되어 있다. 날씬하게 보이려고 운동을 하고 식이요법도 병행한다. 나는 결혼할 당시 키 172㎝ 77㎏ 정도의 몸무게를 가지고 있었다. 1993년 결혼 직전에 금연한 결과 6개월 만에 7㎏이 증가한 상태였다. 그 후로 최고로 많이 나갈 때가 87㎏까지 체중이 나갔다. 내 자신을 거울로 보면 남산 만한 배, 두툼한 목살, 눈은 실눈처럼 가늘어져 내가 보기에도 비대해 보이고 답답해 보였다. 항상 체중을 줄여야 한다고 결심을 했지만, 매번 실패로 끝났다.

조금 위안이 되는 것은 유전으로 물려받은 근육량은 많은 편이라고 주치의가 말해 주었다. 주치의는 매 3개월마다 고혈압 약을 받기 위해 찾아가는 가정의학과 의사이다. 약을 주기적으로 먹으면서 혈압은 정상으로 유지되고 있다. 다만 체중을 감량한다면 약을 줄이거나 안 먹을 수도 있다는 것이 의사의 주문이었다. 하지만 10년째 체중은 줄지 않고 있어 병원에 갈 때마다 구박받기 일쑤이다. 다른 면에서는 나름대로 정확하고, 결심만 하면 조금의 시행착오를 거친 후 결과를 만드는 것 같은데, 체중 감량만은 백전백패를 거듭할 뿐이었다. 가족들에게 말하고, 직장 동료, 팀원에게, 심지어 아이들에게 선포를 해도 별 진전이 없었다.

어느 날 대학원 후배 중 한 친구가 집에서 반신욕을 하면 체중 감량의 효과가 있다고 권유해서 시도해 보았다. 토요일 또는 일요일 저녁 여유로운 시간에 집 욕조에 뜨거운 물을 받아 삼사십 분 정도 반신욕과 독서를 병행했는데, 그 느긋함과 여유로움은 또 하나의 즐거움이 되었다. 그러던 2011년 설 직전에 음식 먹은 것이 체해서 설 연휴 동안 먹지를 못했다. 그런데 그 당시 76.7kg이 체중계에 표시되었다. 결혼한 이후 18년 만에 처음으로 77kg 아래가 된 것이다. 이것이 반신욕 효과인지, 체하여 음식을 먹지 못한 효과인지 알기가 어려웠다. 그러다 여느 때처럼 방심하다 다시 80kg을 육박하게 되었다. 또 실패인가?

사회생활을 하다 보면 저녁 약속이 많다. 내 자신이 스스로 만들지 않더라도 공식적인 술자리가 만들어진다. 나는 술에 비교적 약하기 때문에 안주 또는 음식을 먹어 보완하려 했다. 그러다 보니 술보다 음식을 더 먹는 우를 범하는 것이다. 술을 먹은 다음날은 여지없이 전일 대비 2kg은 족히 더 나간다. 완전 실망! 도저히 넘볼 수 없는, 도달할 수 없는 난공불락의 성이란 말인가? 어느 날 직장 내 고위 임원분이 초대한 점심 식사 자리에서 통상의 직장생활에서의 느낀 점, 후배들에게 주는 조언과 당부 말씀 등을 끝으로 폐부를 찌르는 말씀이 이어졌다. 일을 잘하는 사람은 살찔 겨를이 없다. 또한 관리 및 절제를 하기 때문에 살찔 수가 없다는 말씀이었다. 먹는 것도 절제해야 한다는 말씀과 함께 '여기 찔리는 사람이 몇몇이 있는 것 같다'며 나를 향해 그윽한 눈길을 보내며 마무리 멘트를 이어 나갔다. 나는 뜨끔할 수밖에 없었다. 그 말씀 중에 절제란 단어가 가슴 속 깊이 박혔다. 또한 먹는 것도 절제해야 한다는 말씀은 참으로 감당하기 어려운 것이었다.

2011년 5월 17일 오후 1시경이었다. 유능해 보이려 일부러 알릴 필요는 없지만 살찐 사람은 절제가 안 된다는 말씀은 참으로 당연한 것임을 인정할 수밖에 없었다. 나는 먹는 것에 대한 절제가 무엇보다 필요하고 각성해야 한다고 생각했다. 그러던 중 팀 동료의 아이디어로 나 포함 팀원들 모두에게 만보계를 지급했다. 하루에 만보 이상을 걷고, 저녁을 우선 조절하고, 군것질을 자제하자고 결심했다. 5월 20일 78.5kg. 77kg이 눈앞에 보인다. 주말에는 운동과 먹는 것을 자제했다. 저녁을 일찍 먹고 다른 것은 먹지 않았다. 5월 23일 77.6kg. 드디어 77kg. 5월 25일 76.9kg. 드디어 난공불락의 76kg에 진입했다. 지금 목표는 74.9kg이다. 발걸음이 가볍다. 눈도 커졌다. 목에 있는 살도 조금 줄어 들었고, 배도 조금씩 들어가는 것 같다. 매일 아침 거울을 보면서 결심을 한다. 20년 동안 실패를 거듭했지만 이번만큼은 성공할 것이라고 확신한다.

우리 팀에는 나 포함해서 덩치가 세 명 있다. 만만치 않다. 팀장인 내가 솔선수범해서 체중 감량에 성공해야 두 팀원에게도 강하게 주문할 수 있다. 살짝 배고픈 상태가 참 좋다. 그 전에는 하루 종일 개운치 않은 포만감에 불편했지만, 이제는 꼬르륵 소리가 나기도 하는 조금 허기진 상태가 좋은 상태란 걸 깨달았다. 사십 대 이후로는 아무래도 소화 기능이 떨어진다. 20~30대처럼 왕성한 식욕을 유지할 순 없다. 조금 적게 먹고 많이 움직여서 인풋 대비 아웃풋을 많이 늘려 적정 체중을 유지하는 것이 중요하다. 남들은 아직은 보기 좋다고 위안 삼아 얘기하지만 나는 그렇지 않다. 기필코 74kg에 맞게 몸무게를 줄일 것이다. 현재보다 2kg만 줄이면 된다. 어느 신문 광고에 "죽기 전에 청바지를 입고 싶다"라는 카피를 봤다. 기필코 청바지를 입을 것이다. 그것도 멋있는 걸로.

◇

난득호도 難得糊塗

'난득호도 難得糊塗'란 어수룩한 척하기는 어렵다는 뜻으로 난세에 자신을 지켜주는 중국인의 처세술을 말한다. 이것은 청나라 문학가 중 8대 기인으로 알려진 정판교가 처음 사용한 말이다. 혼란한 세상에서 자신의 능력을 드러내 보이면 화를 당할 것이기에 자신의 색깔을 감추고 바보인 척 인생을 살아가라는 의미이다. 이것은 생존을 위한 고도의 위장술이자 상대방을 안심시켜 좀 더 강한 공격을 하기 위한 전술이다. 자신의 능력을 남에게 드러내 보이면 상대방이 나를 시기하거나 경계할 것이고, 결국 나에게 이로울 것이 없기 때문이다. 자신이 가지고 있는 모든 것을 다양한 방법으로 아낌없이 드러내 보이는 것은 고수가 아니다. 알면서도 모르는 척할 수 있는 깊이와 지혜는 아는 것을 모조리 드러내 놓는 총명함보다 차원 높은 처세술에 속한다. 지혜로우나 어리숙한 척하고, 언변이 뛰어나나 어눌한 척하고, 강하나 부드러운 척하고, 곧으나 휘어진 척하고, 전진하나 후퇴하는 척하는 지혜가 필요하다. 인생 성장기인 20~30대에는 자신을 알리고 인정받기 위해 자신의 능력을 과대하게 알리려 하는 경향이 있다. 소위 오버하게 되는 것이다. 또한 실력을 기르는 시기이기 때문에 나름 자기 개발에 박차를 가하는 시기이며, 자신의 능력을 100% 보여주기 위해 노력해야 하는 시기이다. 아무리 자신을 드러내고 알리려 해도 남들이 잘 알아주지 않는 시기이기도 하다.

정작 알면서도 모른 척할 필요가 있는 시기는 40대 이후가 될 것이다. 상하좌우 우군이 없다. 위로부터 오는 압박과 좌우의 견제, 아래로부터는 소통의 어려움 등 외롭기 짝이 없는 시기이다. 총명함보다는 어수룩함이 관계 형성에 더 나을 수 있다. 대개 사람들은 자신보다 못하거나 어리숙하게 보이는 사람이 편하다. 까칠하고, 빈틈없는 사람은 접근하는 데 어려움이 있다. 남들이 챙겨주기를 모두들 원하지만 누구도 성심을 다해 챙겨주지는 않는다. 그냥 지위가 높으니까, 상사니까, 시늉만 하는 것이다. 그것이 전부인지도 모른다. 모두들 자신을 지켜 내는 데에만 관심이 있고, 자신한테만 최선을 다할 뿐이다. 처세술 하면 모두들 출세를 위해 이기적인 것 또는 얄팍한 것으로 치부해 버리지만 세상 사는 것 자체가 처세술을 요구한다. 처세술 자체를 집중 분석할 필요가 있다.

이 세상에서 혼란치 않은 시절은 없다. 항상 혼돈과 혼란은 있다. 정도의 차이는 있겠지만 편안한 시절은 없다. 어떻게 하든 출세를 하고 인정받기 위해 몸부림치는 카오스(혼돈)의 시절이다.

경쟁이 치열한 도시에서 이탈하여 시골로 가면 해결될 문제인가? 아닐 것이다. 또 다른 후회와 회환으로 몸부림칠 수도 있다. 지금 있는 그 자리에서 마음을 편히 하고, 자세를 낮추고, 겸손하게 정리하는 것이 필요하다. 있는 그대로 패를 다 보여주는 자는 진정한 고수가 아니다. 무림 세계에서 뛰어난 무술을 가진 자가 고수가 아니라 실제 세상에서 아마추어가 아닌 프로로서 한 방 보여줄 때를 아껴두고, 평상시에는 깊이는 있지만 드러내지는 않는 것이 필요하다. 어눌함은 있으되 총기가 있는 사람은 어차피 드러나게 되어 있다. 내공은 말로 표현하지 않아도 느끼게 되어 있다. 빈 수레가 요란하다고 한다. 든 게 없으면 소리만 요란할 뿐이다. 꽉 찬 사람은 말은 없으되 느낌으로 알 수 있다. 득세하려 노력하지 않아도, 알아달라고 외치지 않아도, 존경해 달라고 부르짖지 않아도 알 사람은 다 안다. 능력을 모두 보여주지 않고도 그냥 자기 길을 가는 사람이 아름답다.

◇
나의 길을 걷는다는 것은

길은 숲길, 둘레길, 눈길, 골목길, 빙판길, 산길, 빗길, 꽃길, 가로수길, 한적한 길, 뱃길, 산책길, 시장길, 고속도로, 철도, 비행기길 등 여러 종류가 있으며, 길의 사전적 의미는 사람이나 동물, 또는 자동차 따위가 지나갈 수 있게 땅 위에 낸 일정한 너비의 공간을 말한다. 또한 눈에 보이는 길 외에 배움의 길, 승리의 길, 평화의 길, 지혜를 찾는 길 등 보이지는 않지만 어느 목표점을 향하여 찾아가는 추상적인 길이 있다.

길에 대한 속담도 많다. "천릿길도 한 걸음부터", "모든 길은 로마로 통한다.", "길을 무서워하면 범을 만난다.", "길을 알면 앞서가라." 등등. 일본 에도 막부를 열어 쇼군의 자리에 올랐고 일본 부흥의 기틀을 닦았던 도쿠가와 이에야스는 이렇게 말했다.

"인생은 무거운 짐을 지고 멀리 가는 길과 같다. 서두르면 안 된다. 무슨 일이든 마음대로 되는 일은 없다. 그래서 불만을 가질 이유도 없다. 승리만 알고 패배를 모르면 몸이 미친다. 자신을 탓하되 남을 나무라지 말라. 과유불급이다."

도쿠가와 이에야스의 인생을 잠깐 설명하면 참 파란만장하다. 어릴 때부터 오다 노부나가의 인질로 생활하는 등 많은 어려움을 겪었고 도요토미 히데요시 휘하에 있을 때에도 본인의 능력을 감추고 조금씩 조금씩 세력을 넓히며 기회를 노리다 결국은 일본 통일을 이루었다.

인생은 길이다. 남들이 만들어 놓은 길도 있지만, 내가 만들어 가야 하는 길도 있다. 아는 길은 빨리 갈 수 있고 천천히 살펴보면서 갈 수 있다. 하지만 낯선 길을 만나면 일단 두려움이 앞선다. 이 길이 맞나, 혹시 틀리면 어떻게 하나 선택의 고민을 하게 된다. 나의 길을 걷는다는 것은 나만의 독특하고 유일한 길을 간다는 것이다. 남들과 똑같이 가서는 별 재미가 없다.

어릴 적에는 남들과 똑같이 하기 위해 노력했다. 남들과 다른 것에 대해서는 알레르기 반응을 했다. 먹는 것, 입는 것, 머리 모양, 생각 등. 통상의 상식을 벗어나는 것을 극도로 싫어했다. 교육 정책도 일반화된 객관적인 것을 주입시킨다. 이러면 안 된다, 저러면 안 된다, 온통 안 되는 것투성이다. 물론 타인을 배려하고 피해를 끼치지 말아야 한다. 공중도덕을 지켜야 하며 법을 준수해야 한다. 하지만 각자의 인생길은 360도를 넘어 사방팔방으로 뚫려 있다. 위, 아래, 좌측, 우측, 정면, 후면 등 어느 길로 가도 상관없다. 세상에서 정해놓은 기준을 그대로 준용할 필요는 없다. 후회 없는 삶을 살기 위해서는 영화의 엔딩 장면처럼 미리 미래를 가볼 필요가 있다. "허겁지겁 살다 보니 마지막이네."라는 넋두리는 너무 싱겁기만 하고 허탈하기까지 하다. 진짜 하고 싶은 일이 무엇인지, 후회 없이 살기 위해 무엇을 해야 하는지 오늘의 인생길에서 곰곰이 생각해 볼 필요가 있다.

어릴 때는 백지 상태에서 많은 지식을 주입시킨다. 지식을 어떻게 쌓아가야 하는지는 개인의 마음에 달려 있다.

내 아이들이 중고등학생일 때였다. 무엇을 하든 불필요하게 낭비되는 시간은 없을 듯한데, 오로지 공부만 강조하는 아내의 잔소리를 못들은 척 동조했던 것이 내 모습이었다. 아이들은 항상 엄마한테 항의를 했다. 내가 하는 일에 간섭하지 말라는 식의 항변을 하는 것이다. 어쨌든 순종보다는 조금 틀릴지라도 나름의 생각을 정립해 나가길 바랄 뿐이다.

학교생활을 마치고 직장생활을 할 때에는 남들과의 차별화에 진력해야 한다. 다른 생각과 다른 길을 갈 필요가 있다. 엉뚱한 발상이 필요하고, 색다른 아이디어도 필요하다. 성장기에는 앞만 보고 달린다. 좌우 뒤는 볼 새 없이 달린다. 나는 30세가 되기 직전, 40세가 되기 직전에 내 개인적인 인생길을 다시 한번 돌아보는 시간을 가졌다. 그 주제는 '나의 길을 간다는 것은 무엇일까?'이다. 대체적으로 대나무 마디처럼 10년 주기로 잘 정리정돈하면서 살아온 것 같나.

사회학자 에릭 에릭슨은 '50세 이후의 삶은 아래 쪽으로 향하는 내리막길이 아니라 바깥으로 뻗어가는 길이다'라고 설명한다. 나의 인생길에서 정상을 터치하고 내리막만 남은 것이 아니라 사방팔방 바깥으로 뻗어있는 인생길을 걸어가는 것이다. 이제는 두려움과 설렘이 비슷한 비중을 차지한다. 두려움보다는 설렘이 조금씩 많아지 도록 노력하려 한다. 자신을 성찰하고 행복하기 위해 내 마음을 격려하며 나만의 인생길을 걸어가리라 다짐해 본다.

◇

진정한 리더

진정한 리더란 무엇인가? 조그만 팀을 운영하는 팀장, 회사를 경영하는 CEO, 더 나아가 국가를 운영하는 대통령 등 리더는 무수히 많다. 하지만 팀원들로부터 존경을 받는 리더는 많지 않다. 동양에서는 덕장, 용장, 맹장 등으로 표현하여 리더의 유형을 표현한다. 서양에서는 서번트 리더, 카리스마 리더, 파트너 리더, 셀프 리더 등으로 표현한다.

조직을 운영하는 데 있어 방법상으로 하나의 정답은 없다. 가장 중요한 것은 팀원 간의 신뢰이다. 서로 믿지 못한다면 목표 설정도 어렵지만 한 방향으로 나아가기란 쉽지 않을 것이다. 구성원 모두 공동의 이익을 위해 한 몸처럼 움직일 때 강한 힘을 발휘할 수 있다. 팀원 개개인의 능력은 차이가 있고, 생각도 다양하다. 또한 각자 자신의 이익을 위해 움직이는 경향이 있다. 실력 차를 감안해서 임무를 부여하고 능력을 끌어 올려야 하며 팀의 에이스들이 피해 의식을 갖지 않도록 배려해야 한다. 오케스트라 지휘자처럼 적재적소에 팀원을 배치하여 악기를 연주하듯 임무를 수행하게 해야 한다. 리더는 부하의 신뢰를 바탕으로 권위를 가지며 리더십을 행사할 수 있다.

조직에서 승진하여 리더가 되는 경우, 외부에서 영입되어 리더가 되는 경우, 같은 조직 내 다른 팀에서 발령받아 오는 리더의 경우 등 다양하게 존재할 수 있다. 강팀을 만드는 방법에 있어 강한 압박과 두려움을 주는 카리스마 리더십, 좋은 인간관계를 만들기 위해 배려하고 지원해 주는 서번트 리더십, 어느 것 하나 정답이 될 수 없다. 하지만 리더는 두려워해서는 안 된다. 흔들리는 모습을 보여서도 안 된다. 자문을 구하고 자신의 결정을 번복할 수는 있지만 당황하는 모습을 보여서는 안 된다. 리더는 자신과의 싸움에서 이기는 사람이다. 일등 팀을 만들기 위해서는 정신을 바짝 차리고, 사물을 바라보는 관점을 다양하고 다르게 보기 위해 노력해야 한다.

일하기 좋은 직장이란 서로 신뢰하고 자기 일에 자부심을 느끼며 즐겁게 일하는 곳이다. 이런 이상적인 직장이 존재할 수 있는 걸까? 쉽지 않다. 생각의 차이, 실력의 차이, 욕심의 차이, 성격의 차이, 차이 나는 것이 참 많다. 리더가 절제하는 모습을 볼 때 신뢰가 생기는 것이다. 명예와 성과를 차지하고자 하는 욕심, 개인 이익을 탐하는 욕심, 자신이 모든 일을 좌지우지하려는 욕심을 자제하고, 독점하고자 하는 마음을 절제해야 한다.

리더와 팀원 간 생각의 차이 중 가장 큰 것은 스피드이다. 속도의 차이가 가장 크다. 리더는 빨리 진행하고 결과물을 얻고 싶은데, 팀원 입장에서는 헉헉대면서 힘들게 가기는 싫은 것이다. 또한 장해 요인이 많기 때문이다. 적당주의가 있는 것이다. 어느 조직이든 리더는 어려운 경쟁을 뚫고 올라선 사람들이기 때문에 욕심이 많고, 하고자 하는 열정도 넘친다. 과유불급이라고 의욕이 너무 넘쳐도 팀원들이 따라오지 못한다. 과속은 자칫 사고로 이어질 수 있다. 격려와 칭찬보다는 질책과 비난을 우선하는 것이 통상적이다. 좀 더 격려와 칭찬의 횟수를 일부러라도 늘려야 한다.

조그만 그릇은 큰 물을 담을 수 없다. 리더의 그릇이 그 팀의 성과물과 비례할 수 있다. 멀리 깊게 보는 안목을 가지고 본질을 파악하는 능력을 가져야 한다. 어떤 자리에 있든 리더는 자기 성찰이 필요하다. 평정심을 잃지 말고 풍랑이 몰아치더라도 정신을 차리고 헤쳐 나가야 한다.

리더는 기다릴 줄 알아야 한다. 하지만 기다리기가 쉽지 않다. 어떤 프로젝트를 추진할 때 부하 직원의 업무 속도는 항상 느리게 느껴진다. 리더가 생각하는 것보다 먼저 보고를 할 수 있다면 그 직원은 퍼펙트한 직원이다. 그러나 항상 상사보다 느릴 수밖에 없다. 왜냐하면 부하 직원은 일을 하고, 리더는 기다리기 때문이다. 리더는 급박한 마음을 다스리며 기다릴 줄 알아야 한다.

리더는 힘들다. 물론 과실果實도 많다. 지위에 맞는 사무실, 보상, 평판 등. 하지만 리더는 팀들의 인생 자체를 책임져야 하는 막숭

한 책임이 있다. 결정할 일이 많다. 리스크도 크다. 리더의 의사 결정과 리더의 일거수일투족을 모두들 주시하고 있다. 도덕적으로 문제가 없는지, 업무 수행 능력은 뛰어난지, 윗분들과의 관계는 좋은지 등을 항상 주시하고 있다.

과거에 집착하지 말고, 미래에 대해서 불안해하지 않고, 현재에 충실하고, 건강한 의사 결정을 하는 리더를 신뢰한다. 사람은 완전하지 않다. 하지만 리더는 완전함을 추구해야 한다. 업무는 심각하게 수행하되 개인 사생활을 지켜주고, 가족에 대해서도 배려해야 한다. 리더는 능력만큼, 그릇만큼 담을 수 있다. 완장만 주어진다고 해낼 수는 없다. 리더 자신이 행복하고 즐거워야 팀원들도 행복하고 즐거울 수 있다. 멋있게, 당당하게, 신나게 져주며 살자! 당신 멋져!

◇

사람들에게 상처받지 않으려면

우리는 주위 사람들에게 이렇게 저렇게 상처를 받으면서 살아간다. 모든 사람에게 사랑받기를 원하지만 현실은 그렇지 않다. 대개 사람은 누군가에 대해 좋은 평가 내지는 객관적인 판단을 하지 않는다. 그저 자신이 좋은 대로 생각할 뿐이다. 자신의 실수와 단점을 너무 객관화할 필요가 없다.

고대 그리스의 스토아 학파의 대표적인 철학자인 에픽테쿠스는 소아시아에서 노예로 출생했으며 고문을 받아 절름발이가 되었다. 그는 이때 스토아 철학을 배웠고, 노예에서 해방되자 젊은이들에게 철학을 가르쳤다. 그의 사상은 의지의 철학으로서 실천적인 면을 강조하고 있다. 그는 '우린 일어난 일 때문에 스트레스를 받는 것이 아니라 그 일에 대한 나의 생각 때문에 스트레스를 받는다.'라고 말했다. 나의 생각을 단순화시킬 필요가 있다. 일과 사람, 상대방의 생각을 통제할 수 없다. 나를 좋아할 수도 있고, 싫어할 수도 있다. 이유는 모른다. 그냥 싫을 수도 있을 것이다. 비판을 두려워하면 안 된다. 나 자신에 대해 누군가가 비판할 때 억울한 마음이 생기고, 답답하기도 하고, 괴롭기까지 한다. 또한 인정받기 위해 몸부림을 치기도 한다. 하지만 세상은 그리 쉽게 인정해주지 않는다. 세상 사람들이 주는 상처 때문에 자신의 삶 자체를 포기하고 싶은 마음이 들 정도로 힘들 때가 있다.

나 자신이 아닌 외부에 중심을 두면 흔들리기 쉽다. 세상 모든 것은 지나가며 세상에 영원한 것은 없다. 자신의 실수에 관대하게 대하고, 자신을 있는 그대로 받아들이려 노력해야 한다. 스스로 완벽하겠다고 자신에게 요구하면 할수록 힘들어진다. 일을 잘할 때나 못할 때나 있는 그대로 수용하고, 자신을 믿고 생활해야 한다. 정신의학자 애들러는 '인간은 열등감을 갖고 태어났고, 그것을 극복하고자 노력하는 것이 삶이다'라고 말한다. 열등감은 곧 마음에 상처를 입는 것을 말한다. 육체의 상처는 약을 먹고 의학의 힘을 빌려 치료될 수 있지만, 마음의 상처는 의학의 힘을 빌리기가 쉽지 않다. 혼자 끙끙 앓다가 중병이 되기도 한다. 누구든 미래를 알 수 없으니 불안할 수밖에 없다. '내가 선택한 미래는 밝을 것이다'라는 자기신뢰와 '잘될 것이다'라는 긍정적인 마인드가 필요하다. 지금은 부족하고 도통 앞을 내다보지 못할 정도로 암울하더라도 포기하지 말고 씩씩해야 한다.

인생의 가장 중요한 열쇠는 자신의 계획과 목표를 끊임없이 체크하고 확인하고 점검하는 것이다. 그냥 대충 하루를 살고 무계획적으로 지내게 되면 발전이 없다. 세상 사람들에게 상처를 받지 않으려면 자신을 바로잡고 꿋꿋하게 자립해야 한다. 물질적인 면이 중요하지만 정신적인 면이 더욱 중요하다. 강건한 정신을 가져야 한다. 강한 성격을 말하는 것이 아니라 자신만의 정신세계를 말하는 것이다. 세파에 흔들리지 않는 자신만의 정신이다.

삶이란 한 계단 한 계단 차곡차곡 밟고 올라가는 과정이다. 계단을 오르면 땀이 나고 힘들다. 엘리베이터를 타고 한번에 쑥 올라가고 싶다. 삶은 하루하루가 모여서 이루어진다. 남들은 심각하게 생각하지 않는데 혼자 지레짐작으로 힘들어하고 의식하는 경우가 많다. 살아가는 순간순간은 자신감을 축적해 가는 과정이다. 내 삶의 주인은 나 자신이다. 내 삶은 나의 것이다. 어느 누구도 내 삶을 지배할 수 없다. 흔들리지 말고 힘차게 달려가자.

◇

우호적인 태도

태도란 인간의 행동을 이해하는 기본적 개념의 하나로 쓰인다. 개인이 어떤 사건이나 문제, 사람 등에 관해서 어떤 인식과 감정 및 평가를 가지는지 그 대상에 대해 가지고 있는 반응의 준비 상태를 말한다. 태도의 언어적 표현이 의견이다. 대개 의견을 통하여 그 사람의 태도를 알 수 있다.

태도는 선천적인 본능과는 달리 경험의 반복, 언어의 학습, 체험 등이 바탕이 되어 형성된다. 또한 태도는 한번 형성되면 변하기가 쉽지 않다. 우호적이란 것은 개인 간에 서로 사이가 좋은 것을 말한다. 오늘 내가 만나는 타인에 대한 부드럽고 다정다감한 태도를 보이는 것도 중요하지만 나 자신에게 우호적인 태도를 취하는 것이 더 중요하다. 상대방에 대해서는 이런저런 경우를 따지면서 태도를 정하게 되는데 정작 중요한 자신에게는 따져보지 않고 막 대하는 경우가 많다. 자기 자신에 대해 너그럽고 우호적으로 대하려면 자주 반복해서 생각해야 한다.

태도는 생각을 지배한다. 태도는 의견으로 표현된다. 의견은 경험과 체험으로 이루어진다. 어떤 태도로 살 것인가는 내가 결정하는 것이다. 나 자신과 끊임없이 소통하고, 내면의 힘을 키워 나가야 한다. 오리가 물 위에서는 잠잠하지만 물 밑의 발은 쉼 없이 움직여서 지탱해 나간다. 겉으로는 조용하고 얌전하더라도 속으로는 자신에 대해 나무라지만 말고 긍정의 힘을 불러 일으켜야 한다.

우리의 인생 여행은 즐거워야 한다. 미래를 불투명하거나 불안하게만 본다면 하루가 가시방석일 것이다. 내일을 걱정하지 말고 오늘을 즐겨야 한다. 세상 일이 내 뜻대로 되지 않는다. 내 마음대로 되면 좋으련만 쉽지 않다. 하지만 마음의 여유를 가지고 한 발 한 발 걸어가야 한다. '보폭을 줄여서 걸어가야 목표에 도달할 수 있다'고 미국 농구 스타 마이클 조던은 말했다.

우호적인 태도는 전폭적이고 극단적인 태도는 아니다. 조금씩 여유를 가지고 한 발 한 발 나아가자는 것이다. 어떤 인생을 살지는 순전히 자신이 선택하는 태도에 달려 있다. 사소한 태도가 모여 성공적인 인생길을 만들어 갈 수 있다. 모든 것이 마음먹기에 달려 있다.

일체유심조—切唯心造. 마음먹기에 따라 같은 상황도 다르게 바뀔 수 있다. 인생을 살면서 좋은 시절과 어려운 시절이 있다. 판도라 상자를 열어 증오, 질투, 잔인성, 분노, 굶주림, 가난, 고통, 질병, 노화 등 인간이 겪게 되는 온갖 재앙이 쏟아져 나왔다. 판노라가 상자 뚜껑을 도로 닫아 상자 밑바닥에 무언가 자그마한 것이 남아 있었다. 그것은 희망이었다. 갖가지 불행에 시달리면서도 희망만 고이 간직할 수 있다면 이겨낼 수 있다.

어떤 사람은 가난 때문에 절망적인 삶을 살아가는 사람이 있는가 하면, 어떤 사람은 돈이 없어도 이타심으로 남을 도와가면서 살아가는 사람도 있다. 존경심이 절로 우러나온다. 어디서 저런 강인함이 나오는 걸까? 그런 사람은 자신에 대해 우호적인 태도를 갖고 있을 것이다.

태도라는 사소하고도 근본적인 마음가짐의 변화를 가지고 자신을 과소평가하지 않는 것이 중요하다. 또한 남을 존중할 줄 아는 태도가 필요하다. 자신의 잘못을 시인할 수 있어야 한다. 자신에게 우호적인 사람은 자신의 잘못에 대해 핑계대지 않고 수긍한다. 내 삶이 비록 허물이 많고 실수를 했더라도 자책하지 않고 겸손하게 걸어가야 한다.

인생에서 가장 소중한 것이 무엇인지 살펴봐야 한다. 자신의 역할과 사명이 무엇인지 따져 봐야 한다. 자신에게 우호적인 태도를 가진다는 것이 자신에 대해 느슨하거나 게을러도 된다는 뜻은 아니다. 자신의 삶 속에서 중요한 것이 무엇인지, 어떻게 해야 하는 것인지 고민하고, 인생에서 가장 소중한 것이 무엇인지 발견하는 시간을 가져야 한다. 이를 통해 인생길을 걸어가면서 때로는 관찰하고, 때로는 구경하고, 때로는 고민하면서 걸어갈 수 있다. 진심으로 결심하면 어떤 일이라도 할 수 있다. 마음을 먹기가 힘든 것이다. 자신에게 우호적인 태도를 가지면 타인에 대해서도 우호적인 태도를 가질 수 있다. 후회하지 않고, 뒤돌아 보지 않는 길을 걸어가자. 인생의 희로애락을 감내하면서 즐기면서 걸어가자.

◇

여름휴가

일년 동안 쉼 없이 달리다 조금 쉬어갈 수 있는 시기
남들과 어울리는 북적거림조차 즐겁다
여름은 덥다
마음은 여유롭다
강, 바다, 산, 계곡
온 강산은 시원함을 준다

모두들 여름휴가 얘기로 침묵의 어색함을 모면한다
휴가 다녀오셨어요?
뻔한 질문인 줄 알지만 한번쯤 물어본다
그만큼 즐거운 여름휴가이다

금년에는 어디로 갈까?
그래 남쪽 한적한 마을로 가자
일출 바다를 볼 수 있다면 그것은 덤이다
그곳에 뭐가 있는지 모르지만
떠남 자체에 생기가 돈다

우리는 떠나고 싶다
현재와 현실을 잠시 떠나고 싶다
떠난다고 해결되는 것은 아니지만
잠시 도피라도 하고 싶다

여름휴가는 쉼표이다
혹서기에 더위를 피하는 의미도 있지만
잠시 쉬었다 다시 뛰는 것이다
그래! 금년에는 남쪽으로 가자!

2부

신언서판身言書判

중국 당나라 시절 관리를 임용할 때는 신언서판身言書判이라는 4가지 요소를 기준으로 뽑았다. 현재 시점에서도 이 기준을 그대로 적용해도 무리가 없다. 국가의 공무원뿐만 아니라 사기업에서 적용해도 모자람이 없다. 과거의 출세란 관직에 나가는 것만이 출세의 기준이 되고, 가문을 빛내는 유일한 방법이었다. 하지만 현대에서는 관직뿐만 아니라 기업에서 성장하는 것도 나름의 입신양명이라 할 수 있을 것이다.

신身이란 사람의 풍채와 용모를 뜻하는 말이다. 이는 사람을 처음 대할 때 첫째 평가 기준이 되는 것으로, 신분이 높고 재주가 뛰어난 사람이라도 첫눈에 풍채와 용모가 뛰어나지 못할 경우 정당한 평가를 받기가 어렵다. 태어날 때부터 타고난 용모를 바꾸는 것은 쉽지 않다. 용모에 있어 가장 중요한 것은 긍정적인 마음에서 우러나오는 미소라고 생각한다. 우리나라 사람들의 특징이 무뚝뚝한 표정이라고 한다. 조금만 미소를 머금으면 좋은 인상을 상대방에게 줄 수 있다. 웃는 얼굴이 가장 훌륭한 화장법인 것이다. 덧붙인다면 자신감이다. 거만한 자신감이 아닌 타인에 대한 배려심이 기반이 된 자신감이라면 더할 나위가 없다.

언(言)이란 사람의 언변을 말한다. 사람을 처음 대할 때 아무리 뜻이 깊고 아는 것이 많은 사람이라도 말에 조리가 없고 말이 분명하지 못할 경우 정당한 평가를 받기가 어렵다. 설득력이 있으려면 논리적인 면이 분명 필요하나 목소리의 톤과 정확한 발음 또한 중요하다. 대충 흘러가듯이 말하는 것이 아니라 또박또박 정확하게 말하는 습관이 필요하다.

경우에 따라서는 침묵을 지키는 것도 중요한 말하기의 한 방법이다. 말만 많이 한다고 해서 내 의견이 관철되는 것은 아니다. 잘 들어 주는 것도 말하기의 중요한 부분이다. 상하 관계, 갑을 관계라고 해서 함부로 말을 해서는 안 된다. 또한 강압적으로 말을 해서도 안 된다.

내 사정이 급하면 강한 어조의 말을 하게 된다. 차분해져야 한다. 일대일의 대화, 강의 등 많은 사람을 상대로 하는 대화, 여러 명이 하는 토론 등 대화의 경우는 다양하다. 그중에서 정확하게 해야 할 말과 해서는 안 될 말을 구분하고, 자신의 의견을 주장하고 관철시킨다는 것은 쉬운 문제가 아니다. 말의 힘은 강하다. 심금을 울리는 말을 할 수 있고, 억하심정만 들게 하는 말을 할 수노 있나. 깅악을 조절하며 전달하고자 하는 메시지를 간결하게 전달해야 한다. 그만큼 말은 중요하다.

서書는 글씨를 가리키는 말이다. 예로부터 글씨는 그 사람의 됨됨이를 말해주는 것이라 하여 매우 중요시했고, 인물 평가 시 글씨는 매우 큰 비중을 차지했다. 현대에 와서는 글씨보다는 문장력이 강조된다. 사람의 뜻을 전달할 때 말하는 것이 큰 비중을 차지하지만 말이란 것이 그때그때 지나가 버린다. 또한 무슨 말을 했는지 기억이 나지 않는 경우도 많다. 그러나 글은 남는다. 또한 의사 전달 수단으로 글은 유효한 방법이다. 칼럼 형식의 주장이 담긴 글, 전략 등을 담은 보고서, 개인 간의 편지 등 글로 전달하는 경우가 많다. 글로 썼다고 해서 모든 문서의 의미가 전달되는 것은 아니다. 국어를 잘 알아야 글의 의미를 잘 전달할 수 있다. 어떤 사람이 만든 문서는 전혀 의도를 알 수 없는 경우가 있고, 어떤 사람이 만든 문서는 머리에 쏙쏙 들어온다. 현대에서는 보고서가 중요시된다. 내 전략을 담은 문서, 내 아이디어가 반영된 문서가 자신의 입지를 좌우하는 것이다.

판判은 사람의 문리, 즉 사물의 이치를 깨달아 아는 판단력을 뜻하는 말이다. 사람이 용모가 뛰어나고 말을 잘하고 글에 능해도 사물의 이치를 깨닫지 못한다면 쓸모없는 것이 될 것이다. 판단 능력은 객관성과 합리성을 고려하고 도덕적인 면에서도 허물이 없는 공명정대함이 필요하다.

판단력을 키우는 가장 중요한 방법 중 하나는 독서이다. 사람들의 속성과 심리, 선과 악을 나누는 기준, 사람들의 실생활 등을 알 수 있는 고전과 인문 서적들, 이런 간접 경험을 통해 자신의 내공을 키울 수 있다. 사람들을 대하다 보면 내공이 있는 고수들을 만날 때가 있다. 백이면 백 모두 독서광이다. 나름의 일가를 이루고 자신만의 세계를 구축하며 살아가기 위해, 또한 성장하기 위해 필요한 신언서판身言書判을 다시 한 번 되새기며 필요한 교훈을 얻게 된다.

◇

골프 소풍

골프는 즐겁다. 특히 중년 남성들에게는 어릴 적 소풍과 같은 설렘이 있다. 대개 골프 부킹이 되면 새벽에 집을 나서게 된다. 가족들이 깰까 봐 몰래몰래 집을 나서는 것이 조금 부담되긴 하지만, 큰 문제는 없다. 새벽 공기를 마시며 달리는 기분은 꽤 상쾌하다. 차창 밖에서 불어오는 새벽바람은 마음을 시원하게 해준다. 이 기분 때문에 골프를 좋아하는지도 모르겠다. 아마추어 골프의 경우 타수에 너무 민감할 필요는 없다고 생각한다. 스코어에 집착하면 골프는 골치 아픈 운동이 된다. 골프는 치면 칠수록 실력이 계속 향상되는 운동은 아니므로 즐기는 데에 초점을 맞출 필요가 있다. 물론 가벼운 내기를 해서 용돈을 잃게 되면 마음이 편치 않지만 그것도 동반자를 즐겁게 해줬다고 생각하면 마음 불편함은 덜할 수 있다.

마음 맞는 사람들과의 동반 라운딩은 좋은 추억이 된다. 마음이 맞는다는 것은 내가 잘 못 치더라도 상대방에게 미안함이 덜하다는 것이다. 공이 내 뜻대로 가지 않고 이리저리 산으로 들로 가면 내 자신보다도 동반자에게 미안한 마음이 든다. 그래도 괜찮다고 위로해 주는 동반자는 고맙기까지 하다.

골프는 매너 운동이라고 한다. 타수를 슬쩍 속일 수도 있다. 나도 그런 경험이 있다. 더블보기(기본 타수보다 2타 더 치는 것)를 했는데도 보기(기본 타수보다 1타 더 치는 것)라고 하는 경우 등이다. 골프를 치다 보면 간단한 내기를 하는 경우가 많다. 그래서 자신의 점수를 고의적으로 속이는 경우가 있는 것이다. 남들이 모르겠지 하고 말이다. 그러나 동반자들은 정확히 알고 있다. 자신의 점수는 헷갈려도 타인의 점수는 정확히 알고 있다. 따라서 절대 솔직할 필요가 있다. 그 한 타 때문에 내 양심을 속일 필요는 없고, 마음 쓸 필요도 없다. 마음에 결심을 하고 앞으로는 절대 타수를 속이지 않겠다고 다짐해야 한다.

골프는 비용이 많이 드는 운동이다. 시간과 돈이 많이 드는 것이다. 조금 여유가 있는 상태에서 시작해야 하기 때문에 프로가 아닌 경우 골프를 시작하는 연령은 40세 전후가 보통인 것 같다. 골프를 일찍 시작해야 타수를 많이 줄일 수 있다고 하지만 골프할 여건이 녹록지 않은 게 사실이다. 그래서 욕심을 버려야 한다. 아주 잘 치면 좋겠지만 조금 부족하더라도 욕심내지 말고 자족하는 마음이 필요하다.

또한 건강도 유의해야 한다. 잘 되지 않는 골프를 억지로 향상시키려면 몸에 무리가 따른다. 손, 목, 허리, 등, 옆구리 능 근육통이

끊이지 않는다. 모든 것이 욕심에서 비롯된다. 남들보다 잘하려는 승부욕이 몸을 망치는 것이다. 열정과 승부욕. 살면서 꼭 필요한 마음가짐이지만 주어진 여건과 상황에 따라 맞추어야 한다. 자신의 능력은 50밖에 안 되는데 100을 가지려고 한다면 무리가 따르고, 이어서 감당할 수 없는 상황으로 몰릴 수밖에 없다. 골프는 소풍이다. 소풍 가는 기분으로 동반자와 즐겨야 한다. 골프는 친구들과 칠 때가 가장 재미있다. 친구끼리는 가벼운 농담과 추억을 화제 삼아 라운딩할 수 있다.

내게 정말 막역지우가 있다. 골프를 제일 자주 치는 친구이다. 실력도 박빙이다. 내가 이길 때가 있고 질 때도 있다. 일 년을 마치고 몇 승 몇 패 했는지 셈을 하기도 한다. 정말 마음이 맞는 친구이다. 먼저 다가 가는 데 익숙하지 않은 나에게 제일 먼저 응원해 주고 권해 주는 정말 고마운 친구이다. 골프는 중년의 정말 재미있는 소풍이다. 건강하게, 재미있게, 즐겁게 떠나는 소풍인 것이다. 고맙다. 친구야!

3부

◇

능력

능력은 '일을 감당해 낼 수 있는 힘'을 말하며, '정신적인 기능이
나 신체적 기능의 가능성'을 말한다. 사회에서는 학벌, 외모, 집안,
재산, 인맥 등이 능력이라 한다. 나는 자신과의 싸움에서 이기느냐
의 여부가 능력이라 생각한다. 오늘 하루를 살면서 무슨 생각을 하
며 어떠한 활동을 했는지 곰곰이 돌이켜 볼 필요가 있다.

산다는 것은 무엇인가? 아침에 일어나서 활동하고 저녁에 집으
로 귀가해서 잠을 잔다. 따라서 아침부터 저녁까지의 활동과 생각이
삶이다. 생각은 참 다양하다. 또한 각자 개인의 취향에 따라, 이해에
따라 필요한 대로 생각한다. 그렇다면 산다는 것은 아침부터 저녁까
지 생각하는 것이다. 사람들은(나를 포함해서) 남들이 나를 어떻게 생
각할까 하는 것에 많은 시간과 정력을 소모한다. '인간은 사회적 동
물이다'라는 명제하에서는 남들의 생각이 중요한 문제이긴 하다. 남
들이 나를 어떻게 생각하느냐에 따라 내 생각노 변할 수 있다.

우리는 세상에서 무엇을 증명하고 싶은 것인가? 무슨 일이든 다 할 수 있는 슈퍼맨, 무저항주의 간디 같은 호인의 삶이 지향점인가? 나같이 평범한 사람은 항상 전전긍긍하며 하루하루를 겨우 이겨 나가는 일반인일 뿐이다. 누가 내게 뭐라 하지 않더라도 나 자신이 삶의 무게를 감당하지 못해 나보다 약한 타인에게 윽박지르고 강하게 질책하게 된다. 그 타인은 가족일 수 있고, 약한 부하 직원일 수 있다.

억양을 높여서 강하게 말을 한다는 것은 그만큼 자신에 대해 자신이 없고 힘들다는 반증이다. 자신감이 있고 능력 있는 사람은 여유가 있다. 스포츠에서 자신 있는 선수는 몸에 힘이 들어 가지 않고 여유가 있다. 잘 되지 않을 때 몸이 경직되고 목소리도 높아진다. 감정적으로 사물을 대할 때 이기는 경우는 거의 없다. 물론 계산적으로 강하게 하는 경우가 있긴 하지만 말이다.

사람들은 자신의 이름이 세상에 회자되고, 높은 자리에 올라가고 싶은 출세의 욕망이 있다. 또한 사랑받고 싶은 지극히 개인적인 욕구가 있다. 또한 인정받기 위해 몸부림친다. 인정받는다는 것은 누구에게나 존재의 이유가 된다. 가족으로부터의 인정, 직장 동료로부터의 인정, 특히 직장 상사로부터의 인정은 삶의 활력소가 된다.

지위는 개인별로 무능력이 증명되는 자리까지 올라가는 것이라고 한다. 자신의 능력으로 감당할 수 있는 범위가 어디까지인지 아는 것은 중요한 문제이다. 그것을 인식할 때 고스톱을 정할 수 있다.

3점으로 스톱할지, 못 먹어도 고를 외칠지 말이다.

능력은 자신과의 싸움이다. 남들이 뭐라 하든지 간에 자신의 생각과 신념에 따라 살 수 있다면 그것이 바로 능력인 것이다. 각자 가지고 있는 생각, 철학, 신념 등이 외부로 드러나게 되고, 이것이 호감으로 사람들의 마음에 다가오는 것이다.

능력은 내부로부터 나온다. 외부의 힘에 의한 능력은 한계가 있다. 자신의 것이 아닌 타인의 것을 자신의 것인 양 휘두를 때 문제가 생긴다. 그것은 진정한 자신의 능력이 아니다. 지위가 어떻든, 지금 처해 있는 상황이 어떻든 간에 현재 나를 지배하고 있는 생각을 이기는 것이 중요하다. 가만히 두면 부정적으로, 약한 쪽으로 흘러간다. 소심해지고, 소극적으로 생각이 흐른다. 물건을 살 때 살까 말까 망설일 때는 사지 않는 것이 좋고, 어떤 행동에 있어서 할까 말까 망설일 때는 하는 것이 좋다고 한다.

어른이 되어서 웬만해서는 자신의 성격을 바꾸지 않는다. 자신의 스타일을 고수한다. 왜냐하면 태어나서부터 지금까지의 정체성이 현재의 자신이기 때문이다. 그래서 자신과의 싸움은 무엇보다 중요하고, 꼭 이겨야 한다. 그것이 바로 능력이기 때문이다.

◇

겸손

겸손은 남을 존중하고 자기를 내세우지 않는 태도를 말한다. 누구나 자신을 드러내고 싶고 자랑하고 싶어한다. 이 욕구를 누그러뜨리고 타인을 우선시하는 것은 쉽지 않다. 사람들은 겸손한 사람을 좋아한다. 태도나 행동이 건방지거나 거만한 사람은 기본적으로 싫어한다. 하지만 자신의 모습은 있는 그대로 바라보지 못한다. 겸손과 느낌은 비슷한 것 같으면서 완전히 다른 것이 나약함이다. 겸손은 능력은 있지만 자기를 앞세우지 않는 것이지만, 나약함은 능력이 부족하거나 자신이 없어 내세우지 못하는 것이다.

사람이 세상을 살아가면서 필요한 덕목이 여러 가지가 있지만 가장 중요한 것은 겸손이라고 생각한다. 언제 어디서 복병을 만날지 모른다. 기본적으로 인격 수양이 되어 있어야만 가질 수 있는 것이 겸손함이다. 평소에 겸손하게 남에게 상을 양보하고 박수를 치는 것은 어렵다. 내가 만든 공인데 남에게 겸손하게 양보한다는 것은 보통 사람으로서는 어려운 일이다. 누구나 상을 받으려고 노력하고, 그것이 또한 증거가 되는 것이다. 또한 상을 받아야 발전할 수 있는 계기가 된다. 그런데 이것을 양보하고 자신을 내세우지 않고 남에게 공을 돌린다는 것은 웬만해서는 하기 어렵다.

'세상사 새옹지마塞翁之馬'라 잘된 것이 못될 수 있고, 못된 것이 잘될 수도 있다고 생각하면 잠깐의 찬사를 양보할 수 있다. 남들이 우러러 보는 사람보다는 아무도 알아주지 않더라도 주어진 일을 열심히 하는 사람이 훌륭한 사람이다. 남들보다 빨리 가는 자가 승리자일 수 없다. 중간에 지쳐 쉬어 갈 수도 있다. 살아가면서 가장 중요한 겸손을 마음에 간직하고 우직하게 걸어가야 한다.

승용차를 운전할 때 앞에서 끼어들기를 하는 차를 만날 때, 걸어가는데 뒤에서 툭 치는 사람을 만날 때, 직장에서 남을 배려하지 않고 공격적이며 배타적인 사람을 만날 때 욱하는 마음이 든다. 나는 양보와 배려하는 마음을 가지고 있는데, 그것을 무시당할 때 욱하는 마음이 든다. 우월적 지위를 남용하는 사람을 만날 때 참 곤란하다. 그러면 나는 어떤가? 내 마음은 겸손한 마음을 가지고 있는가 반문해 본다.

결국은 겸손한 사람이 잘된다. 겸손한 사람은 소박함을 추구한다. 겸손한 사람은 꾸미지 않고, 자신의 것이 아닌 것은 탐내지 않고, 남을 존중하고 인정해 주는 마음을 가지고 있다. 내 마음이 편해야 한다. 욕심이 결국 화를 낳는다. 사람의 욕심은 끝이 없다. 권력에 대한 욕심, 돈에 대한 욕심, 사람에 대한 욕심 등등 브레이크 없는 폭주 기관차처럼 달려간다. 결국 낭떠러지로 떨어져서 쓸쓸히 사라져 간다. 모든 사람이 처절히 달리다 안개처럼 사라져 간다.

사는 동안 자신 안에 있는 행동 동력을 점검해 볼 필요가 있다. 열정, 노력, 자신감, 의욕 등 성장 동력이 중요하지만 이 모든 것을 긍정적 에너지로 강화시켜 줄 수 있는 것은 이 모든 것을 포용할 수 있는 겸손함이다. 겸손함은 나이가 들어서만 필요한 것이 아니다. 어린 나이의 겸손함은 더운 여름날의 냉수 한 잔과 같이 시원하게 다가온다. 내 마음을 겸손함으로 무장하고 타인을 존중하며, 주위를 돌아보며 웃으며 살아가자.

◇

화요일

화요일은 일주일의 시작인 월요일을 보내고, 본격적으로 일주일의 하이라이트로 진입하는 요일이다. 한국과 일본에서 불리는 화요일은 화성에서 따 온 것이다. 영어의 Tuesday는 북유럽 신화에 등장하는 군신 티르에서 온 것이다. 티르는 북유럽 신화 중 전쟁의 신이다. 아마도 화요일은 일주일 중 전쟁의 한복판과 같은 의미가 내포되어 있는 듯하다. 화요일에는 마음을 다잡고 뭔가 성과를 내야한다는 강박 관념이 생기기도 한다. 화요일은 조금 무미건조해지기 쉬운 날이며, 등산할 때 산등선을 넘어가는 느낌과 비슷하다. 숨이 차기도 하고 땀도 본격적으로 나는 시점이다. 또한 본격적으로 일에 몰입할 때이다. 몰입이란 주위의 모든 잡념, 방해물을 차단하고 원하는 어느 한 곳에 자신의 모든 정신을 집중하는 것이다. 일단 몰입을 하면 긴 시간이 한순간처럼 짧게 느껴지고, 연애하는 것처럼 시간 개념이 없어지고 짜릿한 느낌이 든다. 일이든 공부든 간에 몰입하는 사람이 성공하게 된다.

화요일에 몰입할 수 있다면 성공적인 일주일을 보내게 될 것이다. 화요일은 적극적으로 하루를 시작하고 내실을 기해야 한다. 나는 개인적으로 화요일은 편한 날이다. 왜냐하면 화요일은 뭔가 마무리해야 하는 마음보다 시작하려는 마음이 크다. 사람들은 대개 결과를 보려 하고 결말을 먼저 알고 싶어 하는 마음이 앞선다. 하지만 지내놓고 보면 과정이 중요하고 소중했다는 것을 알게 된다. 결과도 물론 중요하고 소중하지만 시작할 때의 다짐과 중간 과정에서 느꼈던 치열한 노력들이 좋은 추억으로 남는다. 적당히 잘될 경우에는 소중함이 남지 않는다.

예를 들어 부부는 어려운 시기를 함께 극복하고 이겨낼 때 아름다운 것이다. 그래야 인생의 추억을 함께 만들어 갈 수 있다. 모든 일이 내 뜻대로 다 이루어지면 교만해진다. 세상살이에 곤란함이 없을 수 없다. 일이 쉽게 되지도 않는다. 또한 내 뜻대로 되지도 않는다. 이것을 인정하면 마음이 좀 편해진다. 그렇다면 과정을 즐길 수 있다. 나는 내 앞에 나타난 문제들을 어떻게 하면 해결할까 하고 강박 관념처럼 몰입하는 경향이 있다. 물론 일을 해결하는 데 조금은 도움이 되겠지만 해결 과정을 즐기기는 어렵다.

인생은 과정이다. 사람이 태어나서 죽을 때까지 이어져 가는 과정이다. 물론 중간중간에 중요한 이벤트가 생긴다. 입학, 취직, 결혼, 승진, 자녀, 퇴직, 애상사 등 많은 일들이 발생한다. 그렇지만 전체 인생을 놓고 보면 죽기 전까지는 과정이다. 조그만 일에 당황하고 경험하지 못한 일들에 대해 어려움을 겪고 힘들어 한다. 마음이 여린 사람은 견뎌내기가 어렵다. 과정을 즐겨야 한다. 화요일은 과정이다. 주말로 가는 과정에서의 가장 버거운 날이기도 하지만 나는 화요일을 좋아하기로 했다. 과정의 정점이기 때문이다.

　남들이 정해주는 등수에 연연하게 되면 결과 중심이 된다. 내가 중심이 되면 과정을 즐길 수 있다. 대개 결과는 남들이 정해준다. 학교에서의 등수는 자신의 노력 여하에 따라 달라지지만 이것도 남들이 정해준 기준에 따른 결과이다. 직장에서의 고과가 특히 그렇다. 결과 중심이기에 과정은 소중하지 않게 취급된다. 하루하루가 결과를 만들기 위한 희생일 뿐인 것이다. 그래서 더욱더 현재는 중요하다. 현재의 의미를 가장 잘 나타내는 화요일을 즐길 때 일주일은 더욱더 의미 있게 보낼 수 있고 결과 또한 좋을 것이다. 물에 물 탄 듯 술에 술 탄 듯 화요일을 적당히 보내게 되면 휴식의 의미도 퇴색할 것이다. 화요일Tuesday의 어원이 전쟁의 신을 의미하듯이 현실 세계에서의 화요일은 치열한 날이다. 문제가 생기더라도 회피하지 말고 힘을 내서 정면 대결하는 것이 더 낫다. 손바닥으로 하늘을 가릴 수 없고 문제를 회피한다고 해서 문제가 해결되는 것도 아니다. 화요일을 즐기되 적극적인 날이 되게 하자.

차별화

차별화는 둘 이상의 대상을 각각 등급이나 수준 따위의 차이를 두어 구별된 상태가 되게 하는 것을 말한다. 차별화는 개인의 차별화, 기업의 차별화, 제품의 차별화 등 여러 각도에서 쓰이는 용어이다. 소위 남들과 다르다는 의미이다. 나는 개성이 있으면서 독특한 사람들을 보면 비난하면서도 한편으로는 부러워한다. 나름의 소신이 있고 자신의 입장에서 행동하고 표현하는 이기적인 면을 부러워하는 것이다. 남에게 피해를 주지 않는다면 대놓고 비난할 수 없는 것이다.

제도권 내에서 나만의 차별화 방법을 모색해야 한다. 웬만해서는 중간 가기가 쉽지 않기 때문이다. 또한 조직 내에서든 어디서든 숨어 살기가 쉽지 않다. 자신만의 비밀 무기가 있어야만 한다. 이것이 차별화인 것이다. 남들과 다른 점. 여기서 남들이란 일반적인 타인을 말한다. 저 친구는 남다른 것 같다, 저 친구는 주특기가 있어 등

등. 이런 평가를 받는다면 나름 성공한 것이다. 학교생활할 때 두부 판의 두부처럼 획일적이고 일반화된 교육을 받고, 튀는 것을 적대시 하는 우리 교육 현실에서 차별화를 갖기란 쉽지 않은 일이다. 하지 만 완전 반대적인 것이 아니라 남들과의 차이를 인정하고 조금씩 다른 생각을 해나가는 것이 차별화의 시작이다. 남들과 섞이지 못하고 왕따를 당하는 것은 차별화가 아니다. 물론 스티브 잡스처럼 남들이 생각하지 못하는 창조력과 상상력으로 개인 PC를 내 손안의 아이폰 으로 개발한 왕따형 차별화가 있긴 하다.

나는 세상을 완전 거꾸로 사는 왕따형 차별화를 말하는 것은 아 니다. 제도권 내에서 주어진 환경하에서 남들과의 차별화를 말하는 것이다. 말을 남들보다 잘하는 것, 악기를 하나쯤 다루는 것, 아이 디어 회의 때 남들이 생각지 못하는 반짝반짝 빛나는 아이디어를 제 출하는 것, 신체를 잘 단련하는 것 등이다. 또한 자신감을 갖는 것이 다. 대개 사람들은 자신에 대해 강한 신뢰를 갖지 못한다. 자신의 실 력과 잠재력을 믿지 못하는 것이다. 자신이 없는 것이다. 예를 들어 동료들과 점심을 먹으러 갈 때 메뉴를 고를 때에도 자신이 원하는 것을 선택하지 못하고 "아무데나 가지 뭐, 아무거나 먹지 뭐"라고 선택권을 남에게 넘기는 것이다. 물론 남에게 양보하는 미덕은 훌륭 한 거지만, 자신의 선택에 자신이 없기 때문에 남에게 넘겨 버리는 것은 문제가 있는 것이다.

차별화는 자신감에서 나온다. 차별화는 내면에서 나온다. 남들과 무조건 다른 것이 차별화는 아니다. 청소년기를 거쳐 사회생활을 막 시작했을 때 자신의 생각을 주장하기란 쉽지 않다. 경험 부족에서 나오는 어설픔은 주저함으로 나타난다. 처음부터 남들과의 차별화를 도모할 수는 없다. 처음 시작부터 조금씩 차별화를 염두에 두고 생활한다면 시간이 갈수록 그렇지 않은 사람들과의 차이는 점점 벌어질 것이다. 10년 20년이 지난 후에는 도저히 따라 잡을 수 없는 차이가 발생하고 만다. 예전에는 내가 더 앞섰다고 생각했지만 세월이 지난 후 그 내공의 차이는 엄청날 것이다.

이제 차별화를 도모할 수 있는 방법에 대해 얘기해 보고자 한다. 생각의 차이이다. 생각은 무엇인가? 끊임없이 머릿속으로 들어오는 질문에 대한 대답이다. 아무 생각 없이 살기란 쉽지 않다. 어떨 때는 아무 생각 없이 길바닥에서 누워 먹을 것이 생기면 먹고 아무 곳에서나 자는 거리의 노숙자가 부러울 때도 있다. 하지만 그것은 한순간이다.

내 머릿속으로 들어오는 질문에 대한 대답은 어디서 찾을 것인가? 현자와의 대화에서 찾을 수 있겠지만, 앞서간 사람들의 책에서 찾을 수도 있다. 요즘 인문학이 각광을 받고 있다. 옛 고전이 다시금 조명을 받고 있다. 시대가 달라 문명의 혜택은 다르지만 생각은 차이가 없다. 옛 사람들이 현대 사람들보다 머리가 모자라지도 않은 것 같다. 어쩌면 더 앞서 있는지도 모르겠다. 책을 읽고, 메모를 하고, 자신의 생각을 정립하는 것이 차별화할 수 있는 제일의 방법인 것이다.

　오늘 하루 단기간의 일에 집착하는 것도 물론 중요하다. 하지만 길게 보고 오늘을 남들보다 천천히 간다 해도 장기적인 관점에서 차별화를 염두에 두고 생활할 필요가 있다. 외국어 구사 능력, 인격 도야, 친화력, 외모에 대한 관리 등 우리가 남들과 차별화하는 데에는 노력이 필수적으로 수반된다. 그저 주어지는 것은 없다. 모든 것을 자신의 힘으로 창출해 내야 하는 것이다. 미래를 위해, 차별화를 위해 오늘 하루 갈고 닦아야 한다.

◇

아버지

아버지는 책임지는 사람이다. 가정의 행복을 책임지는 사람이다. 아버지는 어떠한 상황에서도 두려워하지 않고 침착해야 한다. 왜냐하면 책임져야 할 가족이 있기 때문이다. 때로는 외롭고, 때로는 답답하고, 때로는 무능력을 절감할 때도 있다. 그것은 오로지 아버지의 몫이다. 무책임할 수 없다.

세상 모든 아버지가 다 잘하는 것은 아니다. 무책임하게 가족을 돌보지 않는 아버지도 많다. 세상 많은 사람이 그렇다 하더라도 나는 책임지는 아버지여야 한다. 아내, 아들과 딸, 부모님을 책임져야 하고, 어떠한 상황에서도 흔들려서는 안 된다.

아내는 어려운 시기를 함께 헤쳐 극복해 온 인생의 반려자이다. 좋을 때와 어려울 때, 힘들 때와 즐거울 때 동고동락하면서 서로 의지하고 격려하며 험난한 세상을 함께 헤쳐 가는 인생의 동반자이다. 편하다 보면 평소에 막 대할 수 있지만 절대 있는 그대로 표현해서는 안 된다. 아껴줘야 하며 사랑해야 한다. 아이들이 자라서 결혼을 하고 가정을 가질 때 부모님의 자연스러운 사랑은 좋은 가정을 만들어 가는 데 도움이 될 것이다.

자녀들이 부모 뜻대로 되기는 쉽지 않다. 내 맘대로 되지 않는다. 아이들이 어릴 때부터 같이 있는 시간을 많이 가져야 한다. 나는 아들만 둘이라 딸에 대해서는 솔직히 잘 모른다. 아들은 퉁명하고 상냥하지 않다. 좋은 글귀 같은 것을 핸드폰 문자로 보내면 어쩌면 그렇게 답변이 같을 수가 있나? "네" 아니면 "넵" 한 글자로 답장이 온다. 참 무심한 놈들이다. 집안의 가풍을 제대로 만들어 내가 생각한 방향대로 가고 싶지만 뜻대로 되지는 않는다. 그렇지만 되도록이면 같이 있는 시간을 많이 가지려 한다.

평소에 아이들에게 흐트러진 모습을 보이지 않으려고 노력했다. 담배는 결혼 전에 끊었고 술은 사회생활을 하면서 절제하려 했다. 술을 먹고 집에 들어가서는 잔소리를 하지 않으려 했다. 용돈을 주거나 애정 표현은 하지만 듣기 싫은 얘기는 가급적 하지 않으려 했다. 내 입장에서 사랑으로 하는 잔소리라고 하지만 듣는 아이들은 귀찮을 것이다. 사전에 짠 것은 아니지만, 아이 엄마는 강하게 가르치고 나는 상대적으로 좋은 역할을 맡았다. 내가 조정 역할을 하는 것이다.

아이들 성장기에는 커뮤니케이션이 쉽지 않다. 자식은 맘대로 되지 않는다는 것은 고금의 사실이다. 그래도 심성은 착한 구석이 있어 잘될 거라는 믿음은 있다. 아버지는 든든한 울타리이다. 아이들이 조금 빗나가도 아버지가 중심을 잡고 버티고 있으면 아이들은 금방 제자리로 찾아온다. 욕심에 공부 잘하고, 성격 좋고, 건강하면 좋겠지만 모든 것을 가질 수는 없다.

아이들 성장기에는 아침 식사를 가급적 같이했다. 내 출근 시간에 맞춰 아침 식사를 같이하는 것이다. 식사 시간에 별 대화가 없을 때가 더 많지만 나는 개인적으로 아침 식사 시간이 좋다. 아이들 얼굴을 보고 간혹 던지는 내 질문에 퉁명스럽게 대답하는 아이들도 좋다. 언제까지 지속할지 모르겠지만 유지하고 싶다.

아버지는 책임지는 사람이다. 남자로서 가정을 이루고 아내와 아이들을 돌보고 책임져야 한다. 한때는 강제적인 완력으로 집안을 이끌려 했지만 이제는 부드러운 대화로 가풍을 만들려고 노력한다. 주말에는 아내와 주변 근교에 드라이브를 자주 다닌다. 오고 가며 여러 얘기들 속에 생각의 차이를 없애고 감정을 교류한다. 가족 간에 생각의 차이를 좁히는 것이 중요하다. 그냥 속으로만 생각해서는 좁혀지지 않는다. 허심탄회하게 말을 하고 받아들일 때 생각의 차이는 없어진다. 아버지 노릇을 잘하려면 힘을 내야 한다. 직장에서든 내 사업장에서든 정신을 똑바로 차리고 사물을 분간해야 한다. 세상사 내 맘대로 되는 것은 아니지만 아버지 노릇을 잘하려면 눈을 크게 뜨고 힘을 내야 한다.

◇

금요일

금요일은 설렘이 앞서는 날이다. 금요일 Friday의 어원은 북유럽 신화 중 주신主神 오딘의 아내이며 사랑과 빛의 신으로 알려진 발드르의 어머니이자 가정의 여신으로, 결혼, 가정, 출산, 풍요를 주관하는 프리그의 이름에서 유래했다. 금요일Friday의 어원이 휴식과 가족, 풍성함 등의 뜻인 것이 참 이치에 맞다. 따라서 금요일은 여유로운 마음을 가지고 가족과 함께 지내는 날이다. 주말을 앞두고 기대가 되며 살짝 지루한 느낌이 들 정도로 시간이 잘 안 가는 느낌도 든다.

예전 주 5일 근무가 아닐 때에는 토요일이 근무하는 날이기 때문에 금요일도 한창 일을 해야 하는 날이었지만, 이제는 토요일부터 휴일로 접어들기 때문에 금요일 오후부터는 일주일을 마무리하는 모드로 전환된다. 일주일을 열심히 달려오느라 숨도 차고 피곤함도 몰려 온다. 하지만 내일부터 휴일이라는 기대가 피곤함을 상쇄하고도 남는다. 금요일은 마음이 여유로워진다. 업무를 마감해야 하는 닐이지만 또한 휴일로 접어드는 시점이기 때문에 새로운 이슈 만드는 것을 가급적 줄인다. 휴일에 가기 좋은 근교의 좋은 여행지를 물색하기도 하고, 여가 활동을 어떻게 해야 할지 고민하는 날이기도 하다.

인생도 그렇다. 쉼 없이 달려가는 것만이 능사는 아니다. 앞만 보고 무작정 달려가는 것은 현명치 않다. 조금 늦게 가더라도 쉼표를 찍고 쉬어 가야 한다. 금요일은 사유하는 날이다. 철학에 대한 지식은 부족할지라도 인생에 대해 고민해 보고, 들판을 바라보며 멍하니 있기도 해 보고, 산세를 바라보며 감탄사도 지어보고, 내 인생을 반추해 보기도 해야 한다. 모든 순간이 아름답다. 인생의 어느 한 순간도 버려야 할 시기는 없다.

금요일은 내일을 걱정하지 않는 날이다. 내일은 휴일이다. 쉬는 날이다. 무작정 걸어 보는 것도 좋은 경험이다. 에스키모인들은 열 받으면 무조건 걷다가 열이 식는 그 지점에 막대기를 꽂고 돌아온다고 한다. 세상사 열 받을 때 많다. 욱하는 마음으로 어느 상대방에게 화풀이를 하는 경우도 있다. 마음이 좋지 않다.

얼마 전까지만 해도 내가 이해되지 않는 경우에는 언성을 높여 상대방을 윽박지르곤 했다. 이제는 욱 하는 것이 올라와도 참으며 한 템포 쉬어간다. 나도 에스키모인들처럼 마냥 걸을 때가 있다. 많은 생각과 함께 나 자신과의 대화가 오고 간다. 내가 생각하는 것이지만 내가 나에게 물어보고 내가 나에게 대답한다. 맞다, 아니다, 옳다, 그르다 등등 많은 생각과 질의응답을 거쳐 정리가 된다. 아무 내용도 아닌 것이다. 화를 낼 만한 사안도 아닌 것이다. '하마터면 내가 또 사고칠 뻔했구나' 하는 무안함과 안도감이 든다. 금요일은 마음이 여유롭다. 그래서인지 화를 내거나 언성을 높이는 경우가 적다. 이론적으로 안다 하더라도 현재를 즐기는 것이 가능한 것은 아니다. 금요일만큼은 오늘을 즐기자. 나를 진심으로 사랑하고 아껴주는 가족과 함께 금요일은 여유롭게 삼겹살 파티라도 하자.

◇

인사 잘하기

인사는 사람들 사이에 지켜야 할 예의, 또는 그 일을 말하며, 처음 만나는 사람끼리 성명을 통하는 것을 말하기도 한다. 인사는 처음 만나는 사람 간에 나누는 인사가 있을 수 있다. 명함을 교환하고 악수를 나누면서 서로 통성명을 나누는 것이 통상적인 인사를 나누는 방법이다. 대개 인사는 웃어른에게 예의를 차려 드리는 경우와 동료, 아랫사람에게 하는 경우가 있다. 인사 잘해서 잘못된 경우는 거의 없다. 인사를 할 때 성의가 없고 예의가 없는 경우를 제외하곤 말이다. 누구를 만나든 인사를 잘해야 한다.

인사를 잘해야 한다는 것을 모르는 사람은 없다. 어릴 때부터 배워왔고 늘 들어온 얘기다. 하지만 실천하는 사람은 많지 않다. 직장 생활하면서 힘든 것은 서로 인사를 잘 안 할 때이다. 아침에 출근했는데 아는 척도 안 하고 슬쩍 자기 자리에 앉아 버리는 사람들이 있다. 비슷한 직급인 경우에는 더더욱 분위기가 애매해진다. 나는 인사성 없는 사람을 싫어한다. 누구라도 먼저 보는 사람이 먼저 아는 척을 하면 된다. 직책은 상관없다. 높은 사람은 다정하게, 아랫사람은 예의 있게 인사하면 된다. 아랫사람이라고 해서 너무 예의를 갖춘다고 딱딱하게 인사할 필요는 없다. 격식이 중요하긴 하지만 너무 경직된 것은 오히려 인사 예절에 맞지 않을 수 있다.

인사 잘해서 손해 볼 것은 없다. 표정은 조금 웃는 것이 좋다. 상대방은 친근감을 느낄 것이다. 인사는 보수적으로 생각하는 것이 좋다. 어르신들에게는 좀 더 깍듯하게 하는 것이 좋다. 아무리 현대사회가 스피드 사회이고 효율성을 중시한다고 해도 인사성은 동서고금을 막론하고 변하지 않는다. 젊은 친구가 인사성이 밝으면 달리 보이게 된다. 집안 교육을 잘 받은 것 같아 부모님까지 덩달아 좋은 평가를 받게 된다. 인사를 먼저 하는 것이 지는 것은 아니다. 또한 자신의 인격이 낮아지는 것은 결코 아니다. 좀 어릴 때는 먼저 인사하는 것이 내가 더 낮아지는 것 같아 싫어한 적도 있다. 절대 그렇지 않다. 그런데 순간적으로 인사하는 타이밍을 놓치는 경우가 있었다. 그렇더라도 애매함을 먼저 생각하지 않고 인사를 먼저 한다. 인사하는 태도는 하루 만에 변하지 않는다. 그렇더라도 옆자리에 있는 동료와의 인사는 얼마가 걸릴지라도 내가 먼저 인사를 하는 것이 좋다.

나는 상황의 애매함을 극도로 싫어한다. 애매하게 대충 넘어갈 수는 없다. 상사가 인상을 쓰는 경우에는 내가 원인이 아니라 다른 이유가 있거나 상사 자신의 문제가 있기 때문인 경우가 많다. 인사는 자신감의 표현이다. 자신이 열등감에 휩싸여 있을 때 남에게 너그러울 수 없다. 자신의 동굴에 갇혀 있는 것이다. 자신을 표현하기가 어렵게 되는 것이다. 중요한 것은 태도이다. 태도가 밖으로 표현되는 것이 인사인 것이다. 태도는 내면적인 것과 외면적인 것이 있다. 내면이 중요하긴 하지만 외면 또한 내면 못지 않게 중요하다. 형식이 내용을 지배할 수도 있다. 인사 잘하는 것이 상대방에 대한 태도를 결정짓는 것이다.

인사성 없는 사람은 절대 호감을 얻을 수 없다. 나쁜 남자 콘셉트로 사는 사람들이 있을 수 있지만 대개 잘되지 못하고 자기반성에 이르게 된다. 인사는 자신감, 자부심의 발로이다. 너무 비약하는 것인지도 모르겠다. 밖으로 표현되는 인사는 그만큼 중요하다. 인사는 표정이다. 그냥 목만 숙인다고 바람직한 인사가 되는 것은 아니다. 인사를 받는 상대방은 아무 느낌 없이 건조하게 하는 인사는 도리어 기분 나쁘게 받아들일 수 있다. 반가운 마음과 상대방을 위하는 마음으로 진정성 있게 하는 인사만이 상대방의 마음을 움직일 수 있다. 그래서 인사는 상대방이 아닌 나의 정서를 대변하는 것이다.

인사는 자신의 마음을 나타내는 것이다. 만사가 귀찮을 정도로 피곤한 상태에서 상대방에 대한 배려를 내보이기는 쉽지 않다. 내 자신의 마음이 인사인 것이다. 자신감과 자부심, 상대방에 대한 배려가 인사인 것이다. "굿모닝! 잘 쉬었니?", "잘 지내니?", "요즘 어

때?" 등등 인사말에는 제한이 없다. 어떠한 말을 하더라도 상쾌하게 웃으면서 건네는 인사는 하루를 유쾌하게 만든다.

"Good morning everyone."

군자삼락 君子三樂

공자의 군자삼락君子三樂이란, 첫째, 학이시습學而時習, 배우고 익히고 공부하는 즐거움이다. 둘째, 유붕자원방래有朋自遠方來, 같은 꿈을 갖고 있고 삶의 방식과 가치가 비슷하여 대화가 되는 좋은 친구와 인생을 사는 즐거움이다. 셋째는 부지불온不知不慍, 남이 알아주지 않더라도 성내지 않고 당당하게 살아가는 즐거움이다.

우리는 평생 동안 배워야 한다. 현대에 와서는 학위, 또는 자격증 취득을 배움의 일환으로 인식하고 있다. 물론 학위나 자격증이 필요하고 중요하다. 하지만 배움이란 가치에 외형의 증명서가 중요하지만, 자신의 철학과 생각을 다듬는 것이 더 중요하다. 형식과 내용을 모두 갖춰야만 공부하는 즐거움을 가진다고 할 수 있다. 형식면에서는 학위와 자격증 취득이 배움을 증명해 준다. 현대 사회에서는 물질을 중시하고 외형적인 면을 중요시하는 경향이 있다. 명문대학교 졸업, 석박사 학위, 판검사, 변호사, 변리사, 의사, 회계사,

중개사, 각종 금융계 자격증 등 외형적인 증명서 취득이 사회적 지위를 평가하는 세상이다. 배우고 익히고 공부하는 즐거움은 남의 평가에 연연하지 않고 자신이 즐거워하는 배움인 것이다.

외형적인 공부는 다분히 남의 시선과 평가에 영향을 받는 것이다. 물론 남들의 부러움과 질시가 나에게는 기쁨이 될 수 있다. 남들에게 인정받고 싶은 것은 인간의 기본적인 속성이기 때문이다. 사회적 지위와 평가에서 오는 즐거움은 하급의 즐거움이다. 물론 나 자신도 여기에서 벗어날 순 없다. 남의 평가로 인한 공부의 즐거움은 아무리 높게 쳐줘도 중급 이하인 것이다. 자신의 세계에서 배우고, 익히고, 공부하는 즐거움만이 상급인 것이다. 그 방법은 다양한 독서와 글쓰기라고 생각한다. 나와 생각이 일치하는 책을 만났을 때의 즐거움은 상상을 초월한다. 작가의 인생을 알게 되고, 그 무한한 상상력을 함께한다는 것은 재미를 넘어 공감의 즐거움을 느끼게 한다. 글쓰기는 쉽지 않은 작업이지만 도전해 볼만한 가치가 있다.

그 다음에 삶의 방식과 삶의 가치가 비슷한 친구가 세 명만 있다면 그 인생은 성공한 것이다. 가정을 이루어 살다 보면 친구를 만나는 횟수가 줄어들고 자연스럽게 멀어진다. 하지만 만나는 횟수는 적더라도 서로 공감하고 대화가 되는 친구가 있는 것만으로 즐거운 일이다. 나는 삶의 방식과 삶의 가치가 비슷하여 대화가 되는 좋은 친구가 있다고 생각하는데 나만의 생각인지도 모르겠다. 친구들은 어떻게 생각할까?

셋째가 가장 중요하다고 생각한다. 남이 알아주지 않더라도 화내지 않고 당당하게 살아가는 즐거움. 인간의 기본적인 속성이 남의 평가에 연연한다는 것이다. 하지만 남의 평가에 연연할수록 자신을 잃어버리게 된다. 세상살이가 팍팍해지고 괴로워진다. 남의 평가에 내 인생을 맡기는 순간부터 말이다. 자신의 주관과 생각대로 산다는 것은 쉽지 않다. 하지만 그렇게 살 수 있다. 남이랑 완전히 별개로 맘대로 살라는 것은 아니다. 상식적으로, 합리적으로 판단하고 공공질서에 반하지 않는 생각을 가지고 살면서, 남이 알아주지 않고 공을 가로챈다 하더라도 연연하지 않고, 도리어 내 공을 남에게 돌리면서도 당당하게 살아가라는 것이다. 말처럼 쉽지는 않지만, 또 불가능한 것도 아니다. 어떻게 하든 남의 평가에 연연하지 않는 독립형 인간으로 살아가야 한다.

다음으로 맹자의 군자삼락君子三樂이 있다. 양친이 모두 살아계시고 형제가 무고한 것이 첫 번째 즐거움이고, 우러러 하늘에 부끄럽지 않고 굽어보아도 사람들에게 부끄럽지 않은 것이 두 번째 즐거움이며, 천하의 영재를 얻어서 교육하는 것이 세 번째 즐거움이라고 했다. 공자와 맹자의 군자삼락은 차이가 있지만, 기본적인 맥락은 같다. 예의를 갖추고 어진 것을 좋아하고, 자신의 영달만이 아닌, 자신의 이익만이 아닌, 이타심을 바탕으로 자신만의 세계를 걸어가라는 것이다. 나는 君子인가 小人인가 자문해 본다.

솔선수범 率先垂範

솔선수범率先垂範은 남보다 앞장서서 행동하여 몸소 다른 사람의 본보기가 되는 것이며 앞장서서 모범을 보이는 것이다. 솔선수범하려면 몸과 마음이 편하지 않다. 말로만 하고 싶은 것이 보통 사람들의 생각이다. 직장생활에서 리더의 지시 사항이 신뢰를 얻고 팀원을 적극적으로 움직이게 하는 것은 강한 태도 또는 강한 말투가 아니다. 진정으로 리더의 의견에 공감하면서 추진하려면 팀원들이 리더의 진심을 있는 그대로 받아들일 수 있어야 한다. 물론 합리적이면서 균형감 있는 의견이어야 받아들이고 지시한 대로 움직일 수 있을 것이다.

대개 직장생활은 무언가를 잘 판매하는 것과 연관되어 있다. 실적을 내거나 성과를 내기 위해서는 상대방을 설득하고 내가 원하는 상품을 팔 수 있는 능력이 있어야 한다. 기본적으로 물건을 판매하려면 힘이 든다. 물건의 가치를 납득시켜야 하고 상대방(고객)의 주머니 사정도 고려해야 한다. 사람이 가지고 있는 기본 품성으로는 남에게 강요해서 물건을 파는 것이 어려울 수밖에 없다. 하지만 자본주의하에서는 소위 마케팅을 잘하는 사람이 우대받는다. 그래서 마케팅 관련 서적이 많고 판매왕이라는 타이틀을 가진 사람이 회자되곤 하는 것이다. 은행원인 나 같은 경우 팀 또는 영업점에서 성과를 내고 상을 받으려면 실적이 좋아야 한다. 그것도 정상적인 영업을 영위하면서 말이다.

리더가 먼저 잘 팔아야 한다. 그래야 팀원들도 덩달아 잘할 수 있다. 이것은 불변의 진리이다. 리더가 매우 탁월한 성과를 내라는 얘기는 아니다. 팀원들의 평균 이상은 해야 한다는 말이다. 리더는 그냥 지시만 하고 실적 체크만 한다면 팀원들은 공감할 수 없다. 계급이 깡패라고 어쩔 수 없이 순종하는 척하는 것이지 절대 공감할 수 없고, 존경은 언감생심이다.

리더는 먼저 앞장서야 한다. 리더는 계급이 제일 높은 사람은 아니다. 누구나 리더가 될 수 있다. 솔선수범하는 사람이 리더이다. 리더가 솔선수범하는 것이 제일 맞는 말이겠지만 중간 아니 막내라도 솔선수범하는 분야가 있을 수 있는 것이다. 가정에서는 특히 아버지가 솔선수범해야 한다. 먼저 책을 읽고 공부하고 생활을 바르게 해야 자녀들도 본받고 자란다. 짧게 보면 잘 안 될 수도 있으나 길게 보면 솔선수범하는 부모 밑에서 자란 아이들은 성장하면서 잘 자란다.

직장생활하면서 나름의 원칙이 있다. 쉽고 어려운 두 길이 있다면 어렵다고 생각하는 방향으로 결정을 하고 움직이는 것이다. 팀원들은 리더의 일거수일투족을 쳐다본다. 뭘 하는지, 무슨 생각을 하는지 들여다 본다. 이런 상황에서 개인의 이익만을 추구한다면 리더를 마음속으로 따르지 않을 것이다. 시간이 갈수록 약한 팀이 되어갈 것이다. 솔선수범은 리더가 할 때 가장 효과가 있다. 강요를 하면 따르기가 싫은 것이 사람들의 마음이다. 자발적으로 할 때 성과가 나고 재미있게 할 수 있는 것이다.

솔선수범은 희생이다. 알고 있는 선배 중 실적이 좋은 분들은 대개 솔선수범의 대장들이다. 뒤에서 '돌격 앞으로'를 외치는 것이 아니라 앞에서 바람을 막고 전진하는 것이다. 전쟁터에서는 많은 사람들이 죽는다. 일부 살아 남은 사람만이 영웅 취급을 받는다. 전쟁터에서 앞장서다 적이 쏜 총알에 죽는다 하더라도 앞장서 가야 한다. 내가 앞장서서 솔선수범하면 남들도 따라오고 힘든 일도 나눌 수 있다. 강압적으로 해서 얻은 성과라면 무슨 의미가 있겠는가? 솔선수범해야 구성원이 함께하게 된다. 솔직히 내가 솔선수범하는 리더라고 할 수 있을지는 잘 모르겠다.

목요일

영어로 목요일은 Thursday이다. 그 어원은 북유럽 신화에 나오는 날씨의 신, 농민의 수호신으로 불리는 토르이다. 아마도 목요일Thursday의 어원은 일과 관련이 있는 듯하다. 가만히 생각을 해보면 목요일은 마음이 차분해지면서 좋은 기운이 들다가도 뭔가 쫓기는 듯한 느낌도 드는 날이다. 목요일은 정점을 넘어 막바지로 달려가는 날이다. 일주일의 피로가 누적되어 피로도가 고조되는 날이다.

목요일은 깔딱고개의 마지막 단계이다. 등산하면서 정상이 코앞인데, 숨도 차고 몸도 피곤한 상태이다. 조금만 이겨내면 정상에 도달해 휴식의 달콤함도 누릴 수 있다. 그래서 목요일은 희망의 날이기도 하다. 어떠한 일이든 일단 시작만 하면 끝을 향해 달려가게 되어 있다. 용두사미이든 좋은 결과이든 끝을 보게 되는 것이다. 목요일은 우직한 날이다. 조금은 피곤하지만 우직하게 하루를 보내는 것이 좋다. 약삭빠르게 생활하는 것보다 누가 보든 안 보든 우직하게 자신의 일을 수행하고 나름의 생각대로 추진하는 것이 좋다.

목요일은 집중하는 데 어려움이 있다. 왜냐하면 일주일 중 진행하던 일이나 생각들을 어느 정도 마무리해야 하는 단계이기 때문이다. 시작 단계의 집중에서 이제는 마무리를 해야 하는 조급함에 따른 분산 단계로 넘어가기 때문이다. 이럴 때일수록 정도와 직선주로 스퍼트가 필요하다. 조금만 마음이 느슨해지거나 흐트러지면 일주일의 공든 탑이 무너지게 되는 것이다. 일의 실패나 좌절이 모든 것을 잃는 것을 뜻하는 것은 아니지만, 이왕이면 좋은 결과로 드러나는 것이 좋은 것이다. 세상만사 새옹지마塞翁之馬라고 하지만, 주저앉지 말고 일어서서 힘을 내는 것은 중요하다. 아무리 힘든 일이라도 결과가 좋아 칭찬을 받으면 그 피로가 싹 가신다.

야구에서 힘들게 배트를 휘둘러 안타를 치거나 홈런을 치면 아무리 힘든 과정을 거쳤다 하더라도 날아갈 것 같은 기분이 든다. 반면에 헛스윙이라도 하면 온몸의 힘이 빠진다. 칭찬은 고래도 춤추게 한다고 한다. 칭찬은 타인의 칭찬과 자기 자신에 대한 칭찬이 있다. 타인으로부터 듣는 칭찬은 기분을 좋게 만든다. 특히 상사로부터의 칭찬은 마음을 시원하게 해주고 피곤이 싹 가신다.

목요일은 마음을 다잡아야 한다. 뭔가 끈끈한 밧줄로 묶는 듯한 팽팽한 긴장감을 가져야 한다. 느슨해지면 밧줄은 풀려 버린다. 내가 원하는 결과물이 나오지 않고 스르르 빠져나가 버리는 것이다.

모든 결과물은 마음먹은 대로 나온다. 내 마음이 느슨하면 느슨한 결과물이, 내 마음이 빡빡하면 빡빡한 결과물이 나온다.

목요일 아침에는 잠깐 짬을 내서 명상에 잠기는 것도 한 방법이다. 그냥 막 달려가는 것이 아니라 잠깐 명상의 시간을 가져 보는 것이다. 주위를 정리정돈하고 오늘의 의미를 되새겨보는 것이다. 목요일은 직구의 날이다. 변화구나 유인하는 볼이 아니라 우직하게 직구를 던지는 것이다. 그것도 한복판을 향해서 던지는 것이다. 나의 경우에는 목요일 점심, 또는 저녁 약속은 정말 만나고 싶고 만나면 기분이 좋아지는 사람들과 약속을 한다. 특히 점심시간은 더욱더 그렇다. 비즈니스 관계로 만나는 경우는 가급적 피한다. 왜냐하면 목요일 중간에 편안함과 좋은 기분을 만들 수 있는 시간이 배치되면 한결 목요일을 즐겁게 보낼 수 있기 때문이다. 그렇다고 일부러 약속을 만들고, 그 약속에서 안정감을 누려서는 곤란하다. 약속이 많아지면 약속의 노예가 된다.

목요일은 힘차게 다시 일어나는 날이다. 힘을 내서 하루를 적극적으로 이겨내는 것이다. 회피해서는 안 된다. 회피보다는 극복을, 극복보다는 동반을, 동반보다는 주도해서 나아가야 한다. 힘찬 목요일을 만들자.

◇

자신에 대한 증명

증명證明이란 어떤 사실에 대해 증거를 대어 틀림없다고 밝히는 것을 말한다. 또한 어떤 명제를 진리로 주장할 때 가정, 또는 주어진 전제에서 일련의 명제들의 전개로써 결론으로 이끄는 것을 말한다. 수학적으로는 피타고라스의 정리 증명이 대표적인 것이다. 직각삼각형의 직각을 포함하는 두 변 위의 정사각형의 넓이의 합은 빗변 위의 정사각형의 넓이와 같다고 하는 정리이다. 그리스의 피타고라스가 처음 증명하여 이 이름을 붙였다.

실생활에서 증명을 접목해 보면 많은 사람이 자신을 증명하기 위해 애달아 한다. 자신이 능력자이고 남들보다 뛰어난 사람이란 것을 증명하지 못해 안타까워한다. 자신에 대해 증명할 필요가 있는가? 있다면 어떻게 증명해야 하는가? 자신에 대한 증명은 자기 자신이 어떤 사실에 대해 틀림없다고 밝히는 것이다. 그것은 말로 표현하지 않아도 실새하는 자신이 그 자신인 것이다. 허세를 부리고 과대하게 포장한다 하더라도 자신의 가치가 높아지는 것은 아니다. 주위 사람들을 잠깐 속일 수는 있어도 그 자신의 가치는 변함이 없는 것이다. 물론 지나치게 과대 계상된 사람들이 있을 수 있다. 그 자신의 능력 또는 가치보다 많은 것을 가진 경우일 것이다. 이 경우 시간이 흘러가면서 명약관화하게 드러난다. 결과는 꼴불견일 때가 다반사이다. 사람들은 자신을 증명하기 위해 혈안이 되어 있다. 내가 보기에는 그 사람이 그 사람이다. 남을 무시하며 강하게 밀어 붙인다고 해서 강자로 증명되는 것은 아니다.

자신의 분수를 알 수 있도록 성찰해야 한다. 성찰이란 자신의 마음을 반성하고 살피는 것이다. 자신의 그릇을 키우기 위해 외면보다는 내면을 더욱더 들여다 봐야 한다. 간장을 담을 수 있는 종지밖에 안 되는 사람이 더 많은 것을 탐내거나 과시하려 한다면 그것은 과분수인 것이다. 자신에 대한 증명은 생활 속에서, 삶 속에서 저절로 이루어진다.

세상은 공평하지 않다. 아니다. 세상은 공평하다. 시간이라는 개념이 있기 때문이다. 당장은 불공평해 보이고 답답한 경우가 있지만 시간이 흐르면서 진실이 드러나게 된다. 그래서 더욱더 자신을 증명하는 데 힘을 쏟는 것은 불필요한 것이다. 물론 학생이 시험 점수로 자신의 실력을 증명할 수 있고, 직장인은 자신의 업무 수행 결과로 실력을 증명할 수 있다. 이것은 자연스러운 것이다. 일부러 자신을 증명하기 위해 에너지를 낭비해서는 안 된다는 것이다.

어떻게 해서라도 나 자신을 돋보이게 하고 싶고 능력자인 것을 알리고 싶다. 하지만 자제해야 한다. 젊은 청년 시절에는 모든 게 어설프고, 오버하는 것이 좋게 보일 때도 있다. 오버해서 내 자신을 증명하는 것보다는 내실 있게 알리는 것이 더 중요하다. 사실 어느 나이 때든지 간에 남을 이기고 싶고 압도하고 싶은 것이 솔직한 마음이다. 만지는 것마다 황금으로 변하는 미다스의 손이 되고 싶은 것이 솔직한 마음이다.

그리스 신화에 나오는 미다스의 에피소드는 부자가 되려는 욕심에 만지는 모든 것이 황금이 되어 결국은 다시 소원을 취소하게 되는 사람이다. 현대에서의 미다스의 손은 뛰어난 재능과 능력을 가지고 하는 일마다 성공하는 사람을 뜻한다. 하지만 이런 경우는 많지 않고, 현실에서는 맘대로, 뜻대로 되지 않는다. 남에게 나를 알리는 것은 시간이 걸리기도 하고 도중에 오해로 인해 잘못 전달되기도 한다. 남에게 나를 증명하는 데 시간을 빼앗길 것이 아니라 나 자신이 나를 증명하는 데 더욱 노력을 기울이자.

◇

인생의 멘토

멘토는 현명하고 신뢰할 수 있는 상담 상대, 지도자, 스승, 선생의 의미로 쓰이는 말이다. 유래는 오딧세이가 트로이 전쟁에 출정하면서 집안일과 아들 텔레마코스의 교육을 그의 친구인 멘토에게 맡긴다. 오딧세이가 전쟁에서 돌아오기까지 20여 년 동안 멘토는 왕자의 친구, 선생, 상담자, 때로는 아버지가 되어 그를 잘 돌보아 주었다. 이후로 멘토라는 그의 이름은 지혜와 신뢰로 한 사람의 인생을 이끌어 주는 스승의 동의어로 사용되고 있다. 멘토의 상대자를 멘티라고 하는데, 경험과 지식이 많은 사람이 스승 역할을 하여 지도와 조언으로 멘티의 실력과 잠재력을 향상시키게 된다. 멘토와 멘티의 관계는 살아가는 과정에서 자연스럽게 형성되는 경우가 많고, 기업 등에서는 인위적으로 맺어주거나 활성화하는 경우도 있다.

청소년기에는 학교 선생님 중에서 멘토가 되는 경우가 많다. 나의 경우에는 중학교 2학년 국사를 가르쳤던 담임 선생님이 기억에 남는다. 키가 작고 왜소한 나에게 열심히 잘한다고 칭찬해 주셨던 여선생님이셨다. 그 칭찬에 힘입어 나름 열심히 공부했던 기억이 난다. 그래서 상위권 성적을 유지했다. 나의 중고등학생 시절은 참 암담했다. 집안 경제 사정상 등록금을 제대로 내지 못해 항상 종례 후 교무실로 불려가서 등록금 납부 재촉을 받곤 했다. 내성적인 성격 탓에 마음의 동굴 속으로 나 자신을 꽁꽁 숨겨서 세상에 대한 부담을 해소하는 방법으로 학창 시절을 보냈다. 원망과 한숨으로 시간을 보낼 때 그 담임 선생님의 칭찬은 어둠 속에서 비치는 한 줄기 빛이었다. 여러 학생 중 하나일 뿐인 나에게 무심코 던진 말이었는지는 모르겠지만, 나에게는 큰 힘이 되었다. 나름 처지지 않고 성장할 수 있었던 것은 담임 선생님의 칭찬의 힘이었다.

직장생활하면서의 나의 멘토는 직장 상사였다. 그 분은 업무적으로는 빈틈이 없고 추진력이 강해 쉽게 다가가기 어려울 수 있지만 속마음은 후배들이 잘되기를 바라며 지원하고 지지하는 스타일의 상사였다. 직장 상사께서 '직장인 명심보감'으로 강조하는 내용을 소개하면 이렇다.

"반성 없이 진보 없고, 감동 없이 열정 없다. 리더가 강하고 의지에 불타야 한다. 지시 받아 일하면 늦는다. 조직 속에 숨어 있지 마라. 조직은 리더의 책임이다. 타고나지 않으면 노력해서 만들어야 한다. 약한 부분은 전략으로 극복하고, 강한 부분은 혁신으로 발전

한다"

수많은 어록 중 기억에 남는 멘트들이다.

멘토는 인생의 나침반 역할을 한다. 또한 등대의 역할을 한다. 길을 잃고 헤맬 때, 좌절할 때, 의기소침해질 때 멘토가 원하든 원하지 않든 간에 힘이 되어 준다. 멘토가 꼭 부드러운 것만은 아니다. 때로는 강하게, 때로는 매몰차게 몰아 붙이지만, 심중에는 멘티의 성장을 고려한다. 후배나 부하 직원이 나보다 더 능력을 발휘하는 것이 꼭 즐겁지만은 않은 것은 이기심이 나를 지배하기 때문이다.

역사를 돌이켜 보면 2인자를 용인하지 않고 독재를 일삼은 군주들이 많다. 멘토는 자신의 능력은 배제하고 멘티를 육성하는 스승으로만 국한하는 것은 아니다. 멘토는 리더일 수 있다. 현대에서는 리더로써 임무를 수행하면서 멘티를 육성하는 것이 더 현실적이다. 멘티의 성장을 위해서는 멘토도 무한한 노력을 경주해야 한다.

멘티의 능력이 멘토의 능력을 넘어설 수도 있다. 리더는 성과를 내기 위해 팀원들을 독려하고 노력하지만, 이 속에는 멘토로서의 역할도 들어 있다. 성과만을 위해 부하 직원들을 관리하는 것이 아니라, 인생 선배로서 후배들이 잠재력을 키우고 롤모델이 될 수 있도록 처신하고 코칭해야 한다. 나 또한 멘토에게 배우고 성장하는 데 도움을 받았듯이, 나 또한 내 후배들에게 멘토가 되고 롤모델이 될 수 있도록 하루하루 성찰하며 최선을 다하고자 한다.

◇

수요일

영어로 수요일은 Wednesday이다. 고대 영어에서 수요일은 the day of woodin(odin)이다. 즉 오딘의 날이라는 뜻이다. 오딘은 북유럽 신화에 나오는 주신으로 그리스 신화의 제우스 격을 가진 신이자 폭풍우의 신이다. 또한 '싸움의 아버지', '창을 던지는 자', '전사자의 아버지' 등 많은 별명을 가지고 있으며 싸움의 승패를 결정하는 신이기도 하다. 수요일의 어원은 가장 파격적이고 폭풍 같은 날을 의미하는 듯하다.

우리나라 주요 선거는 수요일에 치러진다. 대통령 선거는 임기 만료일 전 70일 이후 첫 번째 수요일에 치러지고, 국회의원 선거는 임기 만료일 전 50일 이후 첫 번째 수요일에 치러진다. 왜냐하면 그 선거일이 주말과 가까우면 투표율이 떨어지기 때문이라고 한다. 수요일은 일주일 중 시작과 끝의 중간 지점에 있는 가장 하이라이트인 날인 것이다.

통상 수요일은 가정의 날이라고 명명해서 정시에 퇴근하는 것으로 정해 놓은 회사가 많다. 그만큼 집중해서 일을 처리하고 힘을 내야 하는 날이기 때문이다. 수요일은 일과 관련이 많다. 일을 잘한다는 것은 기본기가 충실하다는 것을 의미한다. 불필요한 것을 버리고 사용하는 도구나 자료들을 제자리에 잘 두는 등 정리정돈을 잘하는 것이 기본적으로 꼭 필요하다. 일 잘하는 친구는 지시를 하면 금방 대답을 하고 자료를 보고한다. 일 잘 못하는 친구는 허둥대고 주위가 산만하다. 주위 환경을 잘 정리해서 산만하지 않아야 한다. 주위가 잘 정돈된 회사는 신뢰감을 준다. 직원도 마찬가지이다. 책상 주위가 깨끗하고 정돈이 잘 되어 있으면 신뢰감을 주고, 일을 잘할 것 같은 인상을 준다. 관리자가 아닌 실무자일 때에는 명쾌, 상쾌, 유쾌한 일 처리가 중요하다.

어떻게 하든 자신감 있게 생활해야 한다. 윗사람일수록 정보가 많고 넓게 보는 시각이 있으므로 일에 대한 판단은 훨씬 뛰어날 수밖에 없다. 선생님이 가르칠 때 누가 졸고 있는지, 누가 공부 잘하는지 다 알 수 있는 것과 같은 이치이다. 내가 실무자일 때 나름 남에게 피해가 안 가도록 겸손하게 생활했다고 생각했는데 아닐 수도 있다는 생각이 들기도 한다.

부하 직원 중 남에 대한 배려가 부족하거나 자기의 이익만 취하고 자신만을 돋보이려고 할 때 아쉬운 생각과 함께 남을 좀 더 배려하면서 업무를 진행한다면 더 좋을 텐데 하는 생각이 들기도 한다.

나는 직장생활을 하면서 예의를 큰 가치로 생각한다. 일과 예의는 별개라고 생각할 수 있지만 매우 상관관계가 크다. 예의는 상호 간의 소통과 관련된다. 절도 있는 예의와 격식을 갖춘 친절함은 사람을 감동시키고 공감을 얻어낸다.

이렇게 힘찬 수요일을 마치면 뿌듯함이 온다. 수요일은 뿌듯한 날일 수 있다. 힘에 겨워 겨우 보내는 일주일의 중간 날이 아니라, 보람찬 날로 만드는 것이다. 수요일은 도전하는 날이다. 지쳐 힘겨워하는 것이 아니라 열정을 가지고 도전하는 것이다. 남들이 주저앉을 때 한 번 더 일어나는 것이다. 수요일은 열정적인 날이다. 회피하기보다는 극복하는 날이다. 힘을 내는 날이다. 맡은 일은 반드시 끝내야 한다. 수요일은 잘 웃자. 힘들어도, 안타까워도, 스트레스가 막 몰려 와도 까짓것 하면서 털고 가자. 수요일은 힘을 내는 날이다.

가족

가족 간에 사랑이 넘치면 부담스럽고 사랑이 적으면 야속하게 느껴진다. 부모 자식 간에는 각자의 입장에서 생각하고 자신의 스타일대로 가족이 움직이기를 바란다. 특히 엄마는 가족의 의식衣食을 책임지는 가장 고되고 생색도 안 나는 어려운 역할을 수행한다. 아이들은 천방지축이다. 제멋대로이다. 불안하다. 나쁜 친구들을 사귀지는 않는지, 공부는 제대로 하는지 걱정이 이만저만이 아니다. 아이들은 아이들대로 불만이다. 사사건건 통제를 하고 감시 감독하는 것이 싫다. 엄마의 희생이 부담스럽고 강요가 싫다.

예전부터 엄마의 역할은 현모양처를 기준으로 했다. 현명한 엄마, 참 어려운 역할 주문이다. 자신의 생각대로 아이들이 자라고 원하는 방향으로 성장하길 바라지만, 아이들은 제멋대로이다. 공부만 잘하길 바라는 것이 현대 엄마들의 바람이다. 다른 인성적인 것, 교우 관계, 꿈, 이런 정성적인 것들은 보이지 않으므로 별로 따지지 않는다. 오직 보이는 성적만을 따지는 것이다. 여기서 세대 간의 충돌이 생긴다.

아이들은 인성적인 것에 대한 교육을 제대로 받지 못해서 어떻게 처신해야 하는지 잘 모른다. 오직 공부, 공부, 공부만 강요당하며 사는 것이다. 현재 학교에서 벌어지고 있는 친구 간의 왕따, 괴롭힘 등은 친구 관계의 중요성 등을 도외시한 결과이다. 그 폐해는 상당히 크다. 왕따를 당한 아이들은 정상적으로 성장하기 어렵다. 경우에 따라 잘 극복한 경우도 있겠지만, 대부분 정상적인 성장은 기대하기 어렵다고 한다. 하지만 엄마, 아빠 입장에서 너무 통제 일변도로 가는 경향이 있다.

모든 관계에서 넘치면 탈이 난다. 남지도 모자라지도 않는 적당한 것이 좋다. '내가 널 어떻게 키웠는데 나를 이렇게 대하냐'고 항변하는 부모들이 많다. 아이들은 원하지 않았는데 너무 넘치게 일방적으로 애정을 준 경우이다. 비록 가족 간이라 하더라도 한계를 넘게 되면 정상에서 비정상으로 이탈하게 된다. 물론 해피 엔딩으로 끝나면 좋지만 그렇지 않은 경우도 많다.

내리사랑은 있어도 치사랑은 없다고 한다. 윗사람이 아랫사람을 사랑해도 아랫사람이 윗사람을 공경하는 경우는 많지 않다. 이것이 어쩔 수 없는 순리이다. 물이 위에서 아래로 흐르듯 사랑도 위에서 아래로 흐르는 것이다. 야속하고 답답해도 할 수 없다. 시간이 흘러 흘러 언젠가 속사정을 이해하는 시점이 올 것이다. 이해하지 못하고 정리된다 해도 할 수 없다. 그것이 순리이다. 나도 웃어른의 사랑을

3부

헤아릴 수 없다. 오직 나와 내 아이들만 이해하려 할 뿐이다.

모든 사람은 자신이 한 일만 생각한다. 남 생각은 별로 않는다. 아니 절대 않는다. 모른다고 해도 과언은 아닌 것이다. 가족에 대한 자기희생은 자기희생으로 끝내야 한다. 희생에 대한 보답을 생각하면 마음이 어려워진다. 어머니의 자애로움, 아버지의 우직함, 자녀들의 순종, 이것이 가족 간의 바람직한 역할일 것이다. 하지만 쉽지 않은 문제이다. 가족 간의 배려가 집 밖에서 만나는 일반 사람들보다 더욱더 중요하다. 가족은 공기와 같아서 같이 있을 때는 느끼지 못한다. 없을 때 그 소중함을 알게 된다. 발전적 갈등은 필요하다. 서로의 차이를 인식하고 그 차이를 해소해 나가는 과정은 필요하다.

아이들은 성장하면서 변한다. 자아가 생겨 간섭을 싫어하는 것이다. 그 시점이 성장하는 길목이다. 품(가슴) 안의 자식, 슬(무릎)하의 자식, 이 시점까지가 자식이다. 이 시점을 넘는 순간, 자기만의 세계로 들어가는 것이다. 이제 험난한 세상을 오로지 혼자서 헤쳐 나가야 한다. 그것을 묵묵히 바라만 보고 성원해 줄 뿐이다.

가족이란 애정과 애증이 교차하는 관계이다. 정말 보기 싫을 때가 많다. 하지만 또 용서하고 보듬어야 한다. 어쩔 수 없다. 어느 순간 서로 마음이 합치될 때가 있을 것이다. 그 순간이 찰나일지라도.

◇

감동

감동은 사전적 의미로 크게 느끼어 마음이 움직이는 것을 말한다. 또한 어떤 특정 체험에 대해서 생기는 급격한 감정 반응을 말하며, 기쁨과 놀라움, 황홀을 의미한다. 어떤 불가능한 상황을 극복하거나 극적인 반전을 볼 때 우리는 감동한다. 나는 TV를 보면서 간혹 눈물을 흘린다. 어느 시각 장애인이 춤을 잘 추고 노래도 참 잘했는데, 그 얼굴 표정이 무척 편안하게 웃는 얼굴을 보았을 때 정말 감동을 느껴 눈물이 났다. 또한 어려움을 극복하고 한계를 넘어 문제를 해결할 때 나는 감동을 받는다. 그럴 때마다 아내에게 눈총을 받기도 한다. 감동은 불순물이 없을 때 느낄 수 있다. 투명하지 않은 사건에서 감동은 일어나지 않는다. 감동 속에 숨어 있는 노력은 가히 상상을 초월한다. 그저 그런 일에 감동을 느낄 수는 없다. 빙산의 일각처럼 겉으로 드러난 부분은 작지만 그 밑에 숨어있는 빙산은 어마이미하게 크다.

감동은 노력의 부산물이다. 스포츠에서 감동을 느끼기도 한다. 인간의 한계를 넘어 도전하는 모습에서 우리는 감동을 한다. 나는 세계 챔피언의 신기록에서 느끼는 감동보다 자신의 한계를 뛰어넘으려는 시도를 볼 때 전율을 느끼고, 마음이 움직인다.

　감동은 동감하는 것이다. 동감은 어떤 견해나 의견에 대해 같은 생각을 가지는 것을 말한다. 나는 감동할 때 눈물이 난다. 자신의 가치를 드러내지 않고, 자만하지 않고, 소박하게 표현하는 모습을 볼 때 감동한다.

　은행 신년회에서 직원들로 구성된 오케스트라 공연이 있었다. 바이올린을 켜는 직원이 지휘자의 지휘 동작을 놓치지 않으려고 눈을 떼지 않는 모습에서 나는 뭉클했다. 그 오케스트라 연주에서 어느 누구 하나 자신만을 자랑하려 하는 연주자는 없었다. 소박한 태도로 연주에서 실수하지 않으려는 그들의 얼굴 표정들에서 나는 감동했다.

　소박한 것에서 우리는 감동한다. 스포츠 또는 예능 스타들의 일거수일투족에서 감동을 느끼지만 나는 주위 사람들에게서 감동받을 때 마음의 찌꺼기가 제거되는 듯한 카타르시스를 느낀다. 감동은 엄청난 것이 아니다. 조그만 것이라도 용기가 수반되었을 때 공감하게 되고 감동으로 이어진다. 그래서 각자 자신이 있는 자리에서 공감을 얻고 감동을 줄 수 있도록 노력해야 한다. 감동은 자신뿐만 아니라 주위 사람들에게 기쁨을 주기 때문이다.

화려한 감동보다는 소박한 감동이 여운을 남기고 잔잔한 호숫가의 물처럼 마음에 남는다. 감동은 배려이다. 나 자신에 대한 배려, 타인에 대한 배려가 승화될 때 감동으로 이어진다. 타인을 위해 나를 일방적으로 희생하라는 것이 아니라(어떤 이는 목숨까지도 희생하는 경우가 있지만) 나와 타인을 배려하는 잔잔한 감동을 말하는 것이다.

아침에 출근해서 웃으면서 인사하는 직원을 만날 때 나는 감동한다. 이 척박한 세상에서 저렇게 방긋방긋 웃으면서 인사를 하는 직원은 존경스럽기까지 하다. 이것이 자신과 타인에 대한 배려가 있고, 그 배려가 기초가 된 감동이다. 감동은 하늘의 별을 따는 불가능한 것을 해내야 하는 것은 아니다. 조금만 용기를 내어 시도하는 것에서 감동은 시작된다.

노후 준비와 재테크

수십 년 전부터 고령화 사회로 일찍 접어든 미국과 일본 등 선진 국의 경우 노후 문제는 국가의 공적 책임으로 많은 제도적 장치를 마련하고 있다. 하지만 이를 사회적 책임으로만 국한하기에는 많은 문제와 희생이 따른다. 선진 사회에서도 이러한 문제의 최종 해결은 상당 부분 개인이 스스로 해야 한다.

한국 사회의 고령화 속도는 빠르게 진척되고 있으며, 고령화 원 인은 출산율 저하와 평균 수명의 증가가 큰 원인이다. 요즘은 장수 가 리스크라고 한다. 옛날에는 장수하는 것이 큰 복이었지만, 이제 는 위험 요인이라는 것이다. 수명 연장으로 인해 은퇴 후 고정 수입 없이 살아가야 하는 기간이 늘어나면서 저금리 시대에 은행 이자만 으로는 생활비를 조달할 수 없게 되었다. 과거 같으면 자식들에게 노후를 의탁할 수 있었지만, 이제는 가족관이 변화하면서 본인의 힘 으로 노후를 살아가야 하는 상황이 되었다. 특히 평생직장이라 여겨

지던 직장도 젊은 나이에 퇴직하는 경우도 빈번하다. 결과적으로 고정 직업 없이 살아가야 하는 기간은 불과 수십 년 만에 10여 년에서 20여 년 이상으로 길어졌다. 은퇴 이후를 준비하지 않으면 비참한 노후를 보내야 할 경우가 많아진 것이다. 결국 한 가정의 경제적 주체인 개인 스스로 인생의 재정적 포트폴리오에 대해 전반적으로 재구성하는 노력이 필요하며, 그 기준은 100세까지 생존할 경우를 내다보고 준비하는 플랜이 되어야 한다. 그리고 각자 현재 시점에서 구체적으로 은퇴 후에 필요한 노후 자금을 미리 알아보고 대책을 세우는 것이 매우 중요하다.

노후 준비를 위해서 어릴 적부터 연금 상품을 꾸준히 불입하는 것이 필요하다. 나는 집보다는 유동성이 더 중요하다고 생각한다. 왜냐하면 부동산은 재테크 수단이 아니라 가족이 살아가는 공간이다. House보다는 Home이 더 중요한 것 같다. 집이 거창하다 해도 가족 간에 불화가 있다면 그 집은 무용지물이 될 것이기 때문이다.

인생을 살면서 대박은 없다. 꾸준히 축적해 나가는 것이 인생이다. 10만 원, 20만 원이라도 꾸준히 만들어 가는 것이 중요하다. 많은 금액을 불입할 수 없다면 불입 기간을 늘려야 한다. 급여가 오르고 수입이 많아지면 그 불입 금액은 점차 늘려 나가면 된다. 연금은 개인연금, 퇴직연금, 국민연금으로 구분된다. 개인연금은 개인적으로 불입하는 연금 상품이고, 퇴직연금은 근무하는 직장에서 불입하는 것이며, 국민연금은 국가에서 관리하는 연금이다. 노후를 위해서는 연금 상품을 꾸준히 불입하고 관리해야 한다. 젊은 시절 한 달 저축액으로 노년에는 몇 개월을 생활할 수 있을 것이다. 연금 상품 중 보험은 꼭 필요하다. 변동 금리 연금 보험, 변액 연금 보험, 연금 저축 보험 등 연금이라는 단어가 있는 보험은 필수적이다. 물론 단기간에 해지하게 되면 손해가 크지만, 장기적으로는 꼭 필요하다. 중간에 해지하지 말고 완납해야 한다. 또한 국민연금도 꾸준히 불입해 나가야 한다.

나는 대학원을 졸업할 때 '고령화 사회에서의 세대별 라이프 사이클과 노후 준비 체계에 관한 연구'라는 주제로 연구 및 논문을 썼다. 그 당시 직장생활하는 분들을 대상으로 개인별 설문 조사를 실시했는데 노후 준비의 필요성은 95% 이상 공감했다. 하지만 자녀 교육비, 생활비 등으로 인해 준비를 못하고 있다고 답했다. 누구에게나 도래하는 노후 및 은퇴 후의 삶에 대해 조망하고 대응 방안 마련에 초점을 맞추어 보다 풍요로운 삶을 구현하는 것은 개인적으로 꼭 필요한 것이다.

10대에는 재테크 교육을 받아 어릴 때부터 금융에 대한 지식을 습득하는 것이 필요하다. 20대에는 이제 막 직장생활을 시작할 때이므로 종잣돈 만들기에 노력해야 하고, 30대는 집중적으로 저축 및 투자할 시기이다. 40대에는 노후 준비에 대한 중간 평가와 향후 전략 수립을 하는 것이 좋다. 50대에는 지나온 길과 걸어갈 길을 정확히 파악해야 한다. 인생에서 미리미리 준비하는 것이 무엇보다 중요하다. 미리미리 준비하는 자만이 개인 재무 설계에서 문제가 없을 것이다. 젊은 시절 재정적인 면이 준비되어 있어야 노년에 앙코르커리어(경험 및 열정을 쏟을 수 있는 일, 사회에 기여할 수 있는 새로운 일)를 쌓아 갈 수 있다. 예를 들어 봉사 활동 또는 후진 양성 등을 할 수 있는 기회를 만들 수 있을 것이다. 시간은 흘러간다. 준비할 시간은 누구에게나 주어진다. 그것을 인식하느냐 못하느냐는 각자의 몫이다. 미리미리 준비해서 노후를 멋지게 맞이하자.

◇

Number One! Only One!

사람은 태어나서부터 최고가 되기 위해 진력한다. 학창 시절에는 일등이 되기 위해 온갖 노력을 다한다. 하지만 일등은 한 명일 뿐이다. 모두가 최고가 되는 것은 아니다. 운동선수들도 최고가 되기 위해 최선을 다한다. 하지만 MVP는 한 명이다.

통상적으로 우리는 순위 매기는 것을 좋아한다. 일등부터 꼴등까지 순서를 정해서 그 사람을 평가한다. 물론 일등은 성취감뿐만 아니라 우월감도 느끼고 기분이 좋겠지만 그 외의 다수의 사람들은 패배감과 무력감에 사로잡힐 수 있다. 서열을 매겨서 대학교도 일류대, 이류대, 삼류대로 분류한다.

옛말에 직업에 귀천이 없다고 하지만 사람들은 나름의 잣대를 들이대어 직업에 귀천을 정하고 상대 평가를 한다. 누구 자녀는 공부를 잘한다는데 너는 어떻게 그 모양이니 하면서 어머니들은 말의 비수를 들이대며 자녀들의 마음에 상처를 준다. 나 또한 여기에서 자유롭지 않다. 매사에 비교하는 버릇이 있다. 자신만의 잣대를 가지지 못했기 때문에 어느 기준을 정해놓고 상대 비교를 하는 것이다. 하지 말아야지 하면서도 습관적으로 하게 되고, 또 다른 기준이나 잣대가 없어 그저 비교를 할 뿐이다. 나에게는 비교 잣대를 들이대지 말라고 하면서 정작 나는 다른 사람들에게 비교 잣대를 들이대는 것이다. 고정 관념에 사로잡혀서 남들을 따라 하거나 추종하려는 생각이 지배적이다. 그러면 비난 받지 않고 적당히 살 수 있기 때문이다.

나는 다르게 생각한다고 감히 말하기가 두렵다. 그 반대편에서 오는 다수의 반박 논리를 감당하기가 두려운 것이다.

최고가 되는 것보다 더 중요한 것은 특별해지는 것이다. 모든 사람은 특별하다. 똑같은 것은 없다. 쌍둥이조차도 똑같지 않다. 나는 최고가 아니다. 하지만 나는 유일하다. 물론 남들보다 잘하는 것이 조금은 있다. 그렇다고 해서 아주 잘하는 것도 아니지만…. 그렇지만 그 조금의 부스러기로 '나는 최고다'라고 주장하면서 살고 싶지는 않다. 물론 아무도 알아주지도 않겠지만 말이다.

나란 존재가 특별하다는 것을 인식한다면 당당할 수 있다. 나는 다르게 생각한다고 말할 수 있다. 상대방이 동의하지 않는다 해도 나의 생각을, 나의 소신을 말할 수 있다. 인간이 인간인 이유는 생각을 할 수 있다는 데 있다고 한다. 인생은 뭔가 생동감 넘치는 사건들로 가득 차 있다. 어느 누구도 미래를 알 수 없으므로 불안할 수밖에 없지만 미래의 탐험을 즐기는 탐험가의 마음으로 간다면 즐기면서 미래를 이겨낼 수 있을 것이다. 미래에 예측 가능한 일들만 발생한다면 무미건조하고 재미없을 것이다.

인생은 알 수 없는 길을 가는 것이다. 옛 성현들의 글에서 조금씩 인생길을 배우면서 걸어가는 것이다. 그 인생길에서 매사에 비교를 하면서 최고가 되기 위해 몸부림을 친다면 설령 최고가 된다 하더라도 항상 조바심과 불안감에 사로잡히게 될 것이다. 최고Number One가 아닌 특별함Only One을 가지고 걸어간다면 당당함과 자부심으로 한층 밝게 인생길을 걸어가게 될 것이다.

인생길은 두 갈래 길이다. 내 앞에 펼쳐지는 인생길에서 큰 길과 작은 길들이 무수히 존재한다. 선택은 오로지 내 몫이다. 내가 선택한 미래는 내 것이다. 또한 밝을 것이다. 내가 걷고 있는 길에서 만나는 사람들도 특별하다. 또한 소중하다. 하지만 나 자신과 비교는 절대 하지 않을 것이다. 나는 특별하니까.

◇

삶의 목적

삶이란 사람이 태어나서 죽을 때까지 살아가는 것과 사는 일을 말한다. 또한 생명이나 목숨을 의미하기도 한다. 삶이란 글자를 풀어보면 '사'와 'ㄻ'이 연결되어 있다. 사람의 준말이다. 사람에게는 개인별로 독특하면서도 유일무이한 인생과 우주가 포함되어 있다. 어떤 삶은 매우 중요하고 어떤 삶은 가치가 없다고 할 수 없다. 세상에는 유력 인사가 있고 역 근처에서 배회하는 노숙자 같은 천대받는 사람들도 있지만, 각 인생은 개별로 존재한다. 다만 목적을 상실한 것이다.

목적이란 말은 사전적인 의미로 일을 이루려고 하는 목표나 나아가는 방향을 말한다. 그래서 목표 또는 나아가는 방향을 잃어버린 사람은 갈팡질팡하면서 자신의 정체성을 잃어버려 어두운 동굴 속에 갇힌 것처럼 헤매다 자신을 포기해 버리는 지경에까지 이르는 것이나. 시금 애배모호한 상태와 가시시리를 알 수 없는 상황에 놓여 있다 하더라도 목표나 지향점을 분명히 가지고 있는 사람은 불안하지 않다.

삶의 목적이 화려할 필요는 없다. 남들에게 보여지는 부분만을 고려하여 목표로 삼는다면 공허한 메아리가 될 가능성이 크다. 어떤 인생인들 최선을 다하지 않는 삶이 있겠는가? 하다 보니 치이고, 깨지고, 상처가 나면서 자포자기하고, 위축되면서 방향을 잃어버리게 되고, 현실에 안주하는 자기 합리화의 길을 걷는 것이다.

삶은 녹록지 않다. 공짜도 없다. 성장기에는 닥치는 모든 일이 낯설고 어설프기만 하다. 방향 설정을 할 수가 없다. 사방팔방이 온통 지뢰밭이다. 눈앞에 닥친 현실 극복조차 버겁기만 하다. 현실을 넘어 이상과 목표를 좇아가기에는 자기 에너지가 너무 약하기만 하다. 현실 너머에 무엇이 있는지조차 알 수가 없다. 저 너머에 있는 신기루는 나에게 맞는 것인지 알 수조차 없다.

나는 언제부터인가 버킷 리스트를 작성하고 있다. 내 일생 중에 꼭 하고 싶은 것들을 나만의 노트에 작성했다. 그중에 벌써 경험한 것들도 많지만 아직 미완성인 것들이 더 많다. 때때로 그 노트를 꺼내어 다시 읽어보면서 마음을 다시 정리해 본다. '이런 것들이 내가 바라는 것들이지'라고 말이다. 버킷 리스트 항목을 하나하나 살펴보면서 벌써 내 마음에 가능하다, 불가능하다는 것이 정해진다. 내 마음에 불가능하다는 것으로 인식하는 순간 어려워지는 것이다. 내 마음에 할 수 있다고 작심만 하면 안 될 것은 없다.

나만의 버킷 리스트를 잠깐 소개해 보면 '감사하기', '긍정적인 마음으로 웃음으로 대하기', '아이들에게 더 나은 삶의 기회 부여하기', '나에 대한 지나친 기대 버리기', '다이어트', '청바지 입기', '골프 싱글' 등이 있다. 여행도 중요한 리스트 중 하나이다. 영국 맨유 경기 관람, 동유럽·일본·미국 여행, 여기에 에게해 여행이 추가된다. 에게해는 《그리스인 조르바》에서 "죽기 전에 에게해를 여행할 행운을 누리는 사람에게 복이 있다"고 하는 내용이 있다. 그래서 언젠가는 꼭 에게해를 가 보겠다고 리스트에 적어 놨다.

　또한 나의 삶의 목적 중 가장 중요하게 생각하는 것이 하나 있다. 그것은 '남의 평가에 연연하지 않는 독립형 인간'이다. 다른 사람의 의견으로부터의 자유로움이다. 현대 그리스 문학을 대표하는 작가이자 20세기 문학의 구도자로 불리는 니코스 카잔차키스의 역작인 《그리스인 조르바》에 나오는 내용 중에 이런 장면이 또 있다. 주인공인 조르바를 묘사하는 대목이다.

　"그는 살아있는 가슴과 커다랗고 푸짐한 언어를 쏟아내는 입과 위대한 야성의 영혼을 가진 사나이, 아직 모태인 대지에서 탯줄이 떨어지지 않은 사나이였다"

　조르바는 주인공을 위해 일하겠다고 제안하면서 이런 얘기를 나눈다.

　"당신은 내가 인간이라는 걸 인정해야 한다 이겁니다.",

　"인간이라니, 무슨 뜻이지요?

　"자유라는 거지!"

그렇다. 사람은 누구에게 종속되어 있다 하더라도 자유를 가질 수 있고 누릴 수 있다. 그 누구도 아닌 자신만이 누리는 자유를. 삶의 목적은 다양할 수 있다. 천차만별이다. 어느 인생을 누가 감히 비난할 수 있겠는가? 빈부귀천이나 어떤 상황에 처해 있다 하더라도 자신의 목적과 방향을 잃지 않는다면 목적지에 도달할 수 있다. 설령 목적지에 도착하지 못한다 하더라도 상관없다.

인생은 마라톤이라고 한다. 내 옆에 누군가가 100m 달리기 속도로 달린다 하더라도 부러워할 필요도 없다. 내 속도를 유지하는 것이 필요하다.

아는 길을 갈 때에는 속도가 중요하다. 하지만 잘 모르는 길을 갈 때에는 방향이 중요하다. 방향을 잘 알 수 없을 때는 잠깐 정지할 필요가 있다. 무턱대고 가다가는 가만히 있는 것보다 못할 수가 있다. 나는 가야 할 방향을 잃었을 때나 혼란스러울 때에는 다독을 한다. 인문 서적, 옛 성현들의 고전 등을 읽으면서 정리정돈을 한다. 뿌연 것이 밝아지는 것을 느낄 때까지 읽는다. 그러면 신기하게도 방향 설정이 되고, 마음이 편안해지는 시점이 온다. 그때에 나는 또 방향을 잡아 떠날 수 있다.

속도와 방향 설정은 어느 쪽이 더 중요할까? 아무래도 속도보다는 방향이다.

적선지가 필유여경 積善支家 必有餘慶

'적선지가 필유여경積善支家 必有餘慶'의 뜻은 '선을 쌓는 집안에 자신뿐만 아니라 자손에게도 필히 경사가 있을 것이다.'라는 고전 소학의 명언이다. 덕을 쌓고 남에게 베푼다는 것은 눈에 보이지 않는다. 현대에 와서는 재물, 지위 등 눈에 보이는 것을 더 신뢰하는 경향이 큰 것 같다. 이제 성인이 된 아이들에게 좋은 경사가 있지 않을까 하는 지극히 이기적인 마음에서 시작된 것이 조금은 찜찜하긴 하다. 그래도 남을 위한다는 것이 잘하는 것이라는 기본적인 마음이 있기에 그 찜찜함을 상쇄하고도 남는다고 위안해 본다.

출퇴근 시 운전할 때 느닷없이 끼어들기를 시도하는 차량에 대해서 욕하기보다는 가급적 너그럽게 양보하려고 노력한다. 같이 근무하는 직원들과 아침 인사를 나눌 때도 눈맞춤과 미소로 답하려 애쓴다. 요즘은 착하다는 것이 세상 물정 모르고 남에게 손해만 입는다

3부

는 부정적인 뜻으로 쓰인다. 주위를 둘러 보면 눈치가 빠르고 영악하게 계산적인 사람들이 많다. 인정하고 싶지 않지만 이런 사람들이 득세하고 소위 잘나가는 경우가 왕왕 있다. 왜 그럴까?

선을 쌓고 덕을 쌓고 이타심을 가진 사람들이 출세하고 잘나가야 되는 것 아닌가 하고 자문자답해 본다. 세상은 공평하지 않은 듯 보인다. 일반인으로는 이해할 수 없는 경우도 많다. 그렇더라도 선을 쌓는 일이 잘하는 것이라고 확신한다.

나 자신에 대해서도 살펴보면 약점이 많고 합리적이지 않은 면이 많다는 것을 인정할 수밖에 없다. 사람은 자신의 이익에 따라 마음이 움직인다. 남을 위한다고 하지만 결국 자신을 위해서 하는 행위가 다반사일 것이다. 직장생활하는 동안 IMF, 글로벌 금융 위기 등을 겪으면서 개인적인 어려움이 많았고 힘든 일도 많았지만, 기본적인 마음가짐은 겸허한 마음을 가지기 위해 노력해 왔던 것 같다.

중심이 높으면 위험하다. 씨름에서도 중심이 높으면 여지없이 먼저 쓰러진다. 남을 위한다는 것은 마음을 낮추고 중심을 낮추는 선행지수라고 생각한다. 돈이 수반되지 않고 적선하는 일도 많다. 에스컬레이터가 없는 지하철 입구에서 유모차와 아기를 보듬고 난감해하는 애기 엄마에게 도움을 줘도 되겠느냐고 양해를 구하고 유모차를 지하철 계단 아래로 가져다 준 일이 있었다. 고맙다는 말을 뒤에 두고 조용히 사라지는 내 모습이 스스로 참 대견하다고 생각했던 기억이 난다.

돌이켜 보면 전전긍긍했던 20대 시절, 사생결단의 마음으로 세상을 살았던 30대 시절, 모든 일에 전력투구했던 40대 시절을 지나 50대인 지금은 지족상락知足常樂을 추구하고 있다.

지금은 작고하신 고바우 김성환 님께서 2012년에 그림을 한 장 그려 주셨다. 그 그림에 있는 글귀가 '知足常樂(지족상락)'이다. 아마도 세상을 살아가면서 족한 줄 알면 항상 즐겁다는 해탈하는 마음을 전해 주시려 했던 것 같다. 그 당시에는 전혀 이해가 안 되고 알 수 없는 글귀였지만 이제는 조금 알 것 같다. 각 연령대별로 나름 치열하게 경험하고 겪어야만 알 수 있는 경지가 있는 것 같다.

어릴 적 상업고등학교를 졸업하자마자 은행에 입행했고, 군대를 다녀와서 복직을 하고 같이 근무하던 여직원과 결혼한 후 아이 둘을 낳아 기르면서 여러 우여곡절이 있었다. 모든 사람이 그러하겠지만 나름 소설 같은 일들이 많이 있었고, 희로애락이 함께했다. 그중에서 내가 제일 잘한 것은 독서였다. 남들보다 조금 더 많이 읽은 것이 세상을 살아가는 데 길잡이가 되고, 시대를 성찰하는 데 도움이 되었던 것 같다.

최근에 나만의 서재를 만들었다. 서재를 만드는 데 꽤 오랜 시간이 걸렸다. 나만의 노트에 쓰인 버킷 리스트가 하나씩 하나씩 이뤄져 가는 재미가 크다.

이 책을 읽은 분들에게 진심으로 감사드린다.
이 시대의 나는 어떤 사람이 되고 싶은가?

리셋해 본다.

100세 시대에 이제 전반전이 끝났을 뿐이다.

감사, 긍정, 겸손

세 키워드를 토대로 글을 쓰고, 길을 걷고, 생각을 정리정돈하면서 다시금 인생을 헤쳐 나가고자 한다. 즐겁고 활기차게!

나는 소박한 것에 감동한다

초판 1쇄 인쇄 2020년 12월 15일
초판 1쇄 발행 2020년 12월 21일
지은이 김중근
사진 이성우·신현섭

펴낸이 김양수
편집디자인 이정은
교정교열 박순옥

펴낸곳 도서출판 맑은샘
출판등록 제2012-000035
주소 경기도 고양시 일산서구 중앙로 1456(주엽동) 서현프라자 604호
전화 031) 906-5006
팩스 031) 906-5079
홈페이지 www.booksam.kr
블로그 http://blog.naver.com/okbook1234
이메일 okbook1234@naver.com

ISBN 979-11-5778-470-7 (03800)

* 이 책의 국립중앙도서관 출판시도서목록은 서지정보유통지원시스템 홈페이지
  (http://seoji.nl.go.kr)와 국가자료공동목록시스템(http://www.nl.go.kr/
  kolisnet)에서 이용하실 수 있습니다.
  (CIP제어번호 : CIP2020052947)

* 이 도서의 판매 수익금 일부를 한국심장재단에 기부합니다.